EM TODAS AS RUAS TE ENCONTRO

Título:
Em todas as ruas te encontro

Autor:
Paulo Faria

Posfácio: © Fernando Cabral Martins

Revisão:
Beatriz Morais

Capa: Edições Almedina

Imagem de capa © Paulo Faria

Biblioteca Nacional de Portugal – Catalogação na Publicação

FARIA, Paulo,

Em todas as ruas te encontro
ISBN 978-989-9027-11-4

CDU 821.134.3-34"20"

Depósito Legal: ?????

Paginação: Aresta Criativa – Artes Gráficas

Impressão e acabamento:
?????????
para
Minotauro
janeiro de 2021

MINOTAURO, uma chancela de Edições Almedina, S.A.
LEAP CENTER – Espaço Amoreiras – Rua D. João V, n.º 24, 1.03
1250-091 Lisboa – Portugal
e-mail: editoras@grupoalmedina.net

EM TODAS AS RUAS TE ENCONTRO

PAULO FARIA

MINOTAURO

Para todos os desabrigados do mundo: aqueles para quem a pandemia nada tem de praga bíblica; é só mais uma calamidade discreta a ratar-lhes o sonho cansado.

Esfumas-te, como eles, no espelho de um bar
qualquer, país de enganos e baratas. E
quase gostas disso, quase: a música dos punhais,
servil, um certo e procurado desencontro.

Manuel de Freitas

I

«Talvez devêssemos fazer como em Itália», pensa Carlos. «Como em Itália, sim. O mais depressa possível. Ontem já era tarde. Todos fechados em casa, a vigiarmo-nos uns aos outros. A vigiarmo-nos a nós próprios. Às vezes, tenho vontade de sair de casa, de ir dar uma volta, mas reprimo o impulso. Com o tempo, hei-de habituar-me. Dantes, perdíamos tanto tempo com inutilidades, com coisas sem importância. Acho que chegou o tempo das coisas importantes.»

Não estava a brincar. Nunca falara tão a sério, aliás. E nem poderia estar a brincar, mesmo que quisesse, porque perdera o sentido de humor. A pandemia fizera-o perder o sentido de humor, já não era capaz de gracejar. E se um homem sem sentido de humor é uma criatura perigosa, pois bem, tanto pior. «Neste momento», diz para consigo, «sou uma criatura perigosa. Para defender os meus, estou disposto a tudo. Para defender a Irene, estou disposto a tudo. Estou disposto a matar o que há de supérfluo em mim, sou capaz de sufocar o que há de supérfluo nos outros. Estou disposto a ir até ao fim. Estou disposto a só guardar as coisas importantes. E se o que há de supérfluo em nós é o que nos torna humanos, então, por muito que nos custe, teremos de aprender uma outra humanidade.» Tudo o que acontecera até então na sua vida lhe parecia um prólogo, uma preparação para aquele momento, uma longa brincadeira, como a infância das feras, que brincam para se adestrarem na caça. A vida a valer ia agora ter início. «Acabou-se o tempo detergente, que o Ruy Belo tanto detestava», pensa. «Começou o tempo cristalino.»

Os colegas de liceu haviam-no descoberto uns meses antes, um conhecido de um conhecido fizera-lhes chegar o número de telefone dele, tinham-no adicionado ao grupo de *Whatsapp*. Carlos passou a receber as mensagens, a participar nas conversas. Quando a doença começou, lá na China, viu desaguarem no telemóvel as piadolas, as fotografias legendadas com gracejos em letras gordas, uma garrafa de cerveja *Corona* numa ponta da mesa e uma chusma de garrafas de outras marcas na ponta oposta, encostadas umas às outras, na defensiva, cada qual com uma máscara cirúrgica a cobrir o rótulo. À medida que a pandemia foi progredindo, as piadas escassearam, até que desapareceram. Já ninguém se ri do vírus. As pessoas também já não se riem de si próprias. «Estamos em guerra, não temos vontade de rir», pensa Carlos. «Agora, somos adultos.»

A filha dele, Sónia, chegara há três dias de Milão, onde estava a fazer Erasmus. Se Carlos tivesse levado a dele avante, Sónia teria lá ficado. Com o *Skype*, sempre se vão matando as saudades. Mas ela quis voltar, teimou. Na casa que Sónia partilhava com cinco colegas já só estava ela e uma outra, uma napolitana. As outras quatro regressaram a suas casas, mas a napolitana recusou-se a voltar a Nápoles, disse que não queria contaminar a família. Impôs regras apertadas lá em casa, mesmo antes de o governo decretar a quarentena nacional. Só comunicava com Sónia por SMS. Quando alguma delas queria ir à casa de banho ou à cozinha, tinha de avisar por mensagem e esperar pela resposta, para dar tempo à companheira, se fosse caso disso, de abandonar a divisão e desinfectar tudo. E só se podia sair à rua para ir ao supermercado. Sónia é um pouco rebelde, saía de vez em quando para dar uma volta ao quarteirão, para apanhar ar, para não enlouquecer, dizia ela. A napolitana, ao ouvir a porta da rua fechar, mandava-lhe SMS agressivas, acusatórias. «É por causa de pessoas como tu que isto se espalhou.» E Sónia respondia-lhe, desafiadora: «Sim, foi por haver pessoas que esta pandemia aconteceu.» Carlos teve de dar razão à napolitana. Desde muito cedo, embora a contragosto, se vira obrigado a dar invariavelmente razão à parte contrária nos litígios da filha com colegas, professores, vizinhos. Sónia era a filha que nunca tinha razão.

Carlos sempre roera os dedos, desde que se lembrava. Não as unhas, os dedos, as peles em volta das unhas, arrancando bocados até sangrar. Como naqueles versos de Álvaro de Campos, de que ele tanto gostava:

Tenho vontade de levar as mãos
À boca e morder nelas fundo e a mal.

Tentou tudo para abandonar este vício. Pincelou os dedos com vernizes amargos, envolveu-os em pensos rápidos. Comprou rosários gregos e andou com eles nos bolsos das calças, para manter as mãos ocupadas. Tudo em vão. Tinha os dedos calejados, eriçados de rebarbas. Agora, desde que a pandemia chegou a Portugal, deixou de roer os dedos, deixou de levar as mãos à boca a cada instante, em busca de uma ponta solta para puxar com os dentes. O medo da contaminação fez o que as dores e o incómodo das feridas nunca haviam conseguido. O medo sobressaltava-o e serenava-o ao mesmo tempo. Era um homem melhor. «Esta guerra torna-nos melhores. "Foca-nos", como dizem as pessoas agora», pensa. Sabe bem que há uma incompatibilidade de fundo, insanável, entre apreciar as subtilezas da poesia de Álvaro de Campos e usar a novilíngua que ganha terreno à sua volta, alastrando como uma imensa nódoa de azeite, a novilíngua em que as pessoas dizem elogiosamente que uma coisa lhes permite «focarem-se». Mas parece-lhe que, nas actuais circunstâncias, essa incompatibilidade é, também ela, um pormenor supérfluo que ele se pode dar ao luxo de ignorar.

Disse a um amigo, o Álvaro, que estamos em guerra contra este vírus. Disse-o em tom convicto, quase agressivo, mais para se convencer a si próprio do que ao outro. Álvaro pareceu renitente em abraçar a ideia. Chegou a retorquir que as guerras se travam entre pessoas, entre seres humanos. Que as metáforas bélicas e militares não costumam prenunciar nada de bom para a democracia, para a liberdade. Carlos respondeu-lhe que não há, nos hospitais, camas suficientes, ventiladores suficientes para todos. Que os médicos vão ter de agir como numa cidade bombardeada, escolhendo, de entre as vítimas, quem merece ser salvo e quem é descartável. E disse-lhe que, entre a democracia e a vida, escolhia a vida. Não lho disse, gritou-lho, porque já estava enervado. Percebeu depois, mais calmo, que dissera um disparate de todo o tamanho. A escolha não é, obviamente, entre a liberdade e a democracia, num prato da balança, e a vida, no outro. É entre a vida tal como a conhecemos e uma outra vida, diferente, talvez melhor, se soubermos agarrar a oportunidade. A pandemia pode ser o rastilho de uma revolução.

Carlos foi de carro ao aeroporto buscar Sónia. Irene queria ir, mas Carlos proibiu-a. «Não podes ir», disse-lhe, fitando-a nos olhos. «É muito perigoso. É muito perigoso para ti.» Ela ainda contrapôs timidamente «não sei porquê», mas depois baixou o rosto e não insistiu mais. Carlos calçou umas luvas de borracha e cobriu o rosto com uma máscara cirúrgica. Levou um par de luvas e uma máscara a mais, não fosse Sónia aparecer de cara descoberta e mãos nuas. Apareceu mesmo, é claro. Carlos obrigou-a a proteger-se. No carro, ela contou-lhe que um amigo, lá em Milão, fora multado por estar na rua sem motivo. Que cada pessoa que sai à rua tem de levar consigo um documento assinado, chamado autocertificação, atestando as razões que a levaram a sair de casa. Ir tratar de um familiar idoso, ir trabalhar, razões de saúde. E que o tal amigo tinha ido só apanhar ar. Depois, Sónia começou a falar de Foucault e do panóptico, mas Carlos pediu-lhe que se calasse, por causa dos perdigotos. Não confia muito na eficácia das máscaras. Não confia em nada, aliás. Em tempo de guerra, não se pode confiar em nada, em ninguém. A revolução que ele espera não será uma revolução das massas em movimento. Será a revolução dos indivíduos conscientes, informados, exigentes.

Em casa, ouve o tropel das crianças no andar de cima, os filhos do vizinho. Agora que não há escola, passam os dias fechados no apartamento, a correr de um lado para o outro, que nem bisontes. Pregam-se rasteiras, soam estrondos, corpos a cair. O pai grita: «Ó Vítor! És um estúpido!» O prédio é antigo, ouve-se tudo. Mas Carlos não se enerva, não se impacienta. O tumulto sossega-o. Se estão em casa, ao menos não andam na rua a contaminar os outros ou a trazerem o vírus para dentro do prédio. Acompanha com interesse ávido as notícias, deleita-se com a atrapalhação dos políticos. A pandemia pôs a nu a incompetência de quem nos governa, a impreparação de quem nos devia proteger. Não lhe parece possível que o *statu quo* resista àquele vendaval. As coisas terão de mudar. Agarra-se a esta ideia, procura indícios do tempo novo que aí vem.

«Se há coisa que esta pandemia nos ensinou», pensa, «é que os corpos dos outros são portadores de doenças insidiosas, mortais». Álvaro disse-lhe que sempre foi assim, mas ele calou-o com os números da mortalidade desta virose. Consulta as estatísticas de hora a hora, às vezes menos, no *Worldometer*. Há lá tudo, gráficos, tabelas, os valores discriminados por países. Só não se informa quem não quiser. Álvaro atreveu-se a dizer-lhe que, se tivéssemos um *chip* dentro de nós que nos fornecesse dados constantemente actualizados sobre o nosso organismo, se pudéssemos saber, minuto a minuto, o número de células de cada tipo que possuímos, o número e o género de micróbios que há dentro de nós, a composição química do nosso sangue, tudo, em suma, então deixaríamos de viver no sentido mais nobre da palavra. Passaríamos a ser espectadores da nossa vida celular, todos doentes por antecipação. E disse-lhe que toda a estatística, levada ao extremo, é totalitária, no sentido em que nos subjuga e escraviza. Carlos respondeu-lhe que, se esse *chip* existisse, ele seria o primeiro a querer que lho implantassem. Mais, até: exigiria que o implantassem em toda a gente, e que tivéssemos acesso aos dados dos *chips* dos outros em tempo real. Para não corrermos riscos. Não se pode correr riscos. A revolução que ele espera é a repartição equitativa dos riscos. É o risco zero para toda a gente, e não apenas, como sucede agora, para os multimilionários. Será uma revolução tecnológica e das mentalidades, mas será, principalmente, tecnológica. A pandemia foi apenas o despertador que nos acordou a todos. Trata-se agora de pôr a tecnologia ao serviço da nova revolução.

Sónia não tem sintomas nem contactou lá em Itália com ninguém que tivesse sintomas, mas Carlos foi implacável. Felizmente, o quarto dela é num recanto da casa, não é local de passagem. Mal saíram do carro e entraram em casa, ordenou-lhe em tom firme que se fechasse lá, proibindo-a terminantemente de falar com a mãe. A casa de banho pequena ficou para ela, mais ninguém lá entra. Quando quer sair do quarto, manda aos pais uma SMS. Irene fala com ela através da porta, embora Carlos ache desaconselhável. Das duas últimas vezes, Irene enervou-se, pareceu impaciente, coisa muito rara nela. É melhor conversarem por *Skype*, de quarto para quarto. Quando passarem catorze dias, logo se vê. Fala-se agora em catorze dias de incubação, mas, daqui a catorze dias, as informações podem já ser outras. As regras mudam consoante a informação que vai sendo recolhida. É assim em tempo de guerra.

Fechado em casa, Carlos tem tempo para olhar em volta, para ver com olhos de ver as miríades de objectos que atravancam o apartamento, que cobrem todas as superfícies, que enchem todas as concavidades. Percorrido por um calafrio, percebe que o supérfluo nas nossas vidas não é, afinal, a hoste de objectos que compramos e acumulamos, às toneladas. O supérfluo, se por supérfluo entendermos aquilo de que estamos dispostos a abrir mão, é um certo calor humano de que já nos vínhamos desabituando. Andámos a preparar-nos para esta pandemia durante muito tempo. O supérfluo, afinal, são os outros em estado cru, são os outros sem filtro, são os outros com as costuras a esgaçar, à mostra. «Os outros, que maçada», pensa.

Sónia mandou ao pai uma mensagem a dizer-lhe que não se pode pôr um país de quarentena e suspender a vida das pessoas sem suspender, ao mesmo tempo, a lógica do lucro, sem mudar a economia de alto a baixo. Que não se podem alterar radicalmente as relações entre as pessoas sem alterar radicalmente as relações económicas entre as pessoas. Que lógica do lucro e quarentena geral não casam. E que não podemos meter no congelador certas doenças, como o cancro, que até há bem pouco tempo eram o nosso maior papão, e, de um dia para o outro, decretar um novo inimigo principal. Carlos estremeceu ao ler esta última frase e ficou muito tempo parado, a olhar para o ecrã do telemóvel. Irene entrou no quarto, perguntou-lhe: «O que tens?», e ele disfarçou.

Carlos viu na cozinha, em cima da bancada, um pequeno rectângulo de papel. Pegou-lhe, tinha impressos números e letras pequenas: *Trasporto Passeggeri Lombardia — Titolo Aerobus*. Largou logo o papelinho, que caiu no chão. Varreu-o com a pá e a vassoura, deitou-o no lixo. Desinfectou longamente a bancada, depois as mãos. «Não podemos vacilar, o inimigo espreita», pensa.

Ontem recebeu uma mensagem de um amigo, o Pedro, a avisá-lo de que, às dez da noite, deviam ir à janela bater palmas, para apoiar os profissionais de saúde. Há uns meses, Pedro mandara-lhe mensagens indignadas por causa da greve dos enfermeiros, chamando-lhes todos os nomes feios possíveis, mas Carlos compreende que ele esteja agora noutro comprimento de onda. As circunstâncias mudaram. Agrada-lhe que as pessoas dêem agora valor ao trabalho dos mais sacrificados, como os enfermeiros, os caixas de supermercado, os cantoneiros de limpeza, os professores do ensino básico, como ele próprio. Talvez comecem a pagar a estas pessoas salários condignos. Não alinha nos excessos tresloucados da filha. A revolução que ele imagina e deseja acontecerá de súbito, mas discretamente, sem surtos de violência, sem sangue nas ruas, quase sem darmos por isso. Será uma revolução de veludo, tal qual como a pandemia que se abateu sobre o mundo de um dia para o outro, insidiosa e subtil. No fundo, para Carlos, a própria pandemia é a revolução de que ele estava à espera há tanto tempo. Não deseja nem consegue sonhar com outra revolução.

À hora certa, ele e Irene abriram a janela da sala, começaram a aplaudir. Sónia assomou à janela do quarto dela, que é mesmo ao lado.

— Olá, vizinha! — atirou-lhe a mãe, e riu-se.

Sónia saudou-os por sua vez:

— Olá.

E logo acrescentou, elevando o tom de voz para se fazer ouvir no meio da revoada de aplausos, gritos, assobios:

— Sabem, o vírus já cá andava no meio de nós. Este medo todo só precisava de um pretexto para vir à tona. Era uma questão de tempo.

Carlos e Irene entreolharam-se em silêncio e fitaram-na, sem saberem bem o que responder. Carlos disse-lhe:

— Põe a máscara, por favor, filha. Estamos no meio de uma pandemia.

E Sónia, sem sombra de azedume na voz:

— Vamos descobrir muita coisa uns sobre os outros nos próximos tempos. Somos pessoas novas. Sinto que renasci. Olá, estranhos.

— Não fales assim — pediu Irene, quase num queixume, levando a mão ao peito. — Não é justo.

Em pano de fundo, as pessoas aplaudiam entusiasticamente, como se a selecção nacional tivesse vencido mais um grande troféu.

— Olá, pai — saudou Sónia, acenando com a ponta dos dedos. — Muito prazer em conhecer-te. Olá, mãe, muito prazer. Sou a vossa filha, a Sónia, e vou tentar que tudo corra bem.

Os aplausos cessaram, Carlos fechou a janela. Ouve agora a filha, atrás da porta do quarto, a cantar a plenos pulmões a ária do catálogo, do *Don Giovanni*, com a cadência dos números que Leporello vai recitando adaptada aos últimos dados do *Worldometer* acerca do coronavírus, que ele consultou há pouco e lhe enviou por mensagem. «A minha filha terá enlouquecido?», pensa.

II

Suspender a respiração e contar até dez. Uma amiga dissera a Carlos, ainda a epidemia estava a gatinhar, na China, que era assim que uma pessoa ficava a saber se sofria de insuficiência respiratória. «Suspende a respiração e conta até dez, pausadamente. Se aguentares, está tudo bem», dissera-lhe ela. Carlos postou-se em frente à porta fechada do quarto da filha, chamou por Sónia, depois disse-lhe:

— Suspende a respiração e conta até dez.

Ela perguntou para quê.

— Para saber se estás bem. Ouvi-te tossir há bocado.

Ela explicou que se engasgara.

— Suspende a respiração e conta até dez, já te disse.

Do outro lado da porta, Sónia respondeu:

— Tens medo de mim?

Apanhado de surpresa, Carlos ficou sem palavras.

— Como é possível amar-se alguém e ter medo dessa pessoa ao mesmo tempo? É possível?

Carlos respondeu:

— Não, não é. Ou se gosta ou se tem medo.

Notou uma mancha no tecto da sala, junto à porta do quarto de Sónia. Nunca tinha reparado. Seria humidade?

Sónia fazia listas de prós e contras de cada vez que tinha de tomar uma decisão importante. Fizera-o antes de comprar o bilhete de avião para regressar de Itália para Portugal, com escala em Amesterdão, já com Itália em pleno estado de sítio. Demorara tanto a compilar a lista que, quando apanhou o avião, por pouco não foi tarde de mais. Já no aeroporto de Amesterdão, soube que a Holanda acabara de cancelar todas as ligações aéreas com Itália. A sua rebeldia era de uma estirpe peculiar. Era uma rebeldia organizada, metódica, sem impulsividade. Quando era pequena, o pai dizia que ela era um elemento de uma célula adormecida em território inimigo, a planear atentados. Sónia arredou para o lado o teclado do computador, pôs uma folha branca em cima do tampo da secretária, escreveu «Pandemia» no cabeçalho, depois traçou um risco de alto a baixo, dividindo a folha em duas colunas. No alto da coluna da esquerda, escreveu «Prós». Do lado direito, «Contras». Mal acabou de escrever a palavra «Contras», arrependeu-se de o ter feito em letras tão gordas. Ouvira a mãe dizer que os ovos e o atum em lata tinham esgotado no supermercado. Talvez o papel esgotasse também, era preciso poupá-lo. Escreveu na coluna da direita, em letra miúda:

Tudo se tornou finito.

Ouviu o pai entrar em casa. Pela primeira vez nos últimos quatro dias, Carlos saíra à rua. Tinha ido ao banco levantar dinheiro. Sónia colou o ouvido à porta. O pai falava com a mãe num tom a meio caminho entre o estupefacto e o assustado.

— Sabes o que eu vi ainda agora? Entrei no banco e estava um fulano com ar de pobre, de mendigo, a tossir para cima dos teclados das caixas multibanco. Tossiu ostensivamente e depois, com ar de desafio, olhou para as pessoas que estavam cá fora, na fila. Ninguém se aproximou dele, ninguém lhe disse nada. Nem sequer os funcionários do banco.

Irene perguntou a Carlos se levantara dinheiro. Ele respondeu que não, que não tivera coragem. Sónia voltou a sentar-se à secretária e escreveu na coluna dos «Prós»:

Agora já posso escutar às portas sem remorsos.

Pousou a caneta, ficou a olhar para o papel. Pegou novamente na caneta e escreveu por baixo:

Os mendigos podem finalmente vingar-se dos ricos.

Normalmente, quando fazia uma lista de prós e contras, formulava o dilema em termos simples e depois decidia num ou noutro sentido consoante o número de entradas que inscrevia em cada coluna. Naquele caso, não havia dilema nenhum. Mesmo que a lista tivesse mais «contras» do que «prós», não estava nas mãos dela acabar com a epidemia. Não estava nas mãos dela decidir fosse o que fosse. Mas era preciso agir como se lhe coubesse uma qualquer decisão. Era preciso fingir. Quando mais não fosse, tratava-se de um mero exercício para passar o tempo. Escreveu, na lista de «Prós», a terceira entrada:

Tenho muito tempo para mim.

Mas depois lembrou-se daquela vez, há uns anos, em que fora internada para ser operada à coluna. Entrara para o quarto logo de manhã e só fora operada ao final do dia. Levara consigo um livro e o computador portátil, mas, durante aquelas longas horas de espera, não conseguira ler uma só linha, não vira sequer um filme, uma série, nada. Só conseguia pensar na operação, só queria que o tempo passasse, não parava de olhar para o relógio. Na coluna dos «Contras», escreveu:

Este tempo não serve para nada. É tempo-lixo.

Carlos ouve os miúdos no andar de cima a lançarem-se pelo corredor fora, como bisontes assustados em direcção a um precipício, perseguidos por índios disfarçados com peles de lobo. Admira-se de nunca os ouvir chorar. Os corpos caem, um estrondo ressoa no soalho, mas ninguém chora. Como se aquelas crianças fossem seres de uma nova estirpe, despidos de certas sensações, de certas emoções. Há gritos de raiva, sons abafados de luta, um arfar cansado, depois silêncio. Só o pai articula palavras compreensíveis, semeando insultos a lanço, «és um estúpido!», «meu grande imbecil!», ou então fazendo apelos desesperados, frenéticos, como alguém que sabe que vai morrer dentro de escassos minutos e tenta que os filhos memorizem um derradeiro conselho, o mais importante de todos: «Pensa! Pensa! Pensa, minha besta!»

Álvaro enviou a Carlos um texto que escrevera sobre a pandemia, um conto para publicar num jornal. Pediu-lhe a opinião. Apesar dos desentendimentos, eram grandes amigos. Carlos enervava-se com Álvaro, às vezes desligava-lhe o telefone na cara. No dia seguinte tornavam a conversar como se nada fosse. Eram como garotos, travavam amizade a cada novo dia.

Sónia falou ao telefone com uma amiga, a Joana. Disse-lhe que queria estar com os avós, que não suportava a ideia de não os ver durante um mês, dois meses, talvez mais. Que os avós, fechados em casa, estavam a ficar deprimidos, que precisavam dela. Joana disse-lhe:

— Não podes visitá-los, não podes ser egoísta.

Depois fez uma pausa. Sónia pensou: «Ela está à procura de um argumento decisivo, como quem procura, na gaveta da cozinha, a melhor faca para cortar os legumes.» Joana disse-lhe então:

— Não podes pensar que os teus avós vão morrer a qualquer momento.

Sónia ficou desapontada. Naqueles tempos de guerra, as conversas telefónicas degeneravam muitas vezes em autênticas batalhas. Por momentos, temera sentir-se encurralada, reduzida à defensiva. Ao ouvir aquele argumento, percebeu que, afinal, o exército de Joana era uma tropa fandanga, camponeses arrebanhados à força para morrerem à torreira do sol, nas areias de Alcácer-Quibir.

— Mas não é isso que toda a gente pensa agora? — respondeu, quase a custo, como que contrariada por ter razão, incomodada por lhe ser tão fácil reduzir a cacos aquele argumento. — Não estão todos, de repente, convencidos de que vão morrer a qualquer momento?

Depois de desligar, escreveu na coluna dos «Contras»:

As pessoas contradizem-se muito.

Depois riscou a frase, porque isso sempre acontecera. Talvez agora se notasse mais, é tudo. Em vez disso, escreveu:

A fragilidade de certos raciocínios vem ao de cima num instante.

O texto de Álvaro intitulava-se *Em Todas as Ruas te Encontro.* Carlos achou-o interessante, mas disse a Álvaro que talvez não fosse aquele o momento de as pessoas exprimirem as suas idiossincrasias. Que a relação entre o escritor e o leitor talvez estivesse ferida. Álvaro respondeu-lhe que, nesse caso, a literatura morrera.

Sónia falava constantemente com os amigos ao telefone, às vezes por *Skype*. Alguns diziam-lhe que as mães e os pais se tinham transformado em monstros. Um colega da faculdade, o Henrique, disse-lhe que a mãe o proibira, aos gritos, de levar o cão à rua. Que o cão, agora, fazia cocó e chichi na marquise e que eles tinham de limpar. Que a casa cheirava a merda e a mijo. Naquela noite, Sónia sonhou que a Terra passara a ser habitada por monstros, pessoas com cabeças de animais, como deuses egípcios. Tinham corpos perfeitos, os homens eram musculados, as mulheres eram esbeltas, de seios belíssimos e ventres lisos, mas todos possuíam cabeças de animais. Sonhou que o pai tinha uma cabeça de íbis, com escamas de peixe coladas ao bico, a reluzirem com aquele brilho gorduroso da madrepérola, e que a mãe tinha uma enorme cabeça de vaca, com uma nuvem de moscas a esvoaçar num carrossel à volta dos chifres. Deuses imundos, cobertos de suor, sentados à mesa, a discutir, a atirar comida uns aos outros. Só as vozes eram as mesmas. Fora assim que, no sonho, ela reconhecera o pai e a mãe, no meio dos outros deuses que se acotovelavam à volta da mesa.

Mandou uma SMS ao pai, a dizer que queria ir à casa de banho. Ele respondeu-lhe: «Podes ir. Mas põe a máscara e as luvas. Avisa quando voltares para aí.» Ela destrancou a porta do quarto e saiu. Agora, em vez de se limitar a fechar a porta, trancava-a à chave por dentro. Talvez fosse uma maneira de dizer aos outros e a si própria que estava ali fechada por vontade própria, não porque o pai a obrigasse, não porque o mundo a obrigasse.

O texto de Álvaro terminava com uma jovem, fechada no quarto pelos pais, de quarentena, a cantar a plenos pulmões a ária do catálogo, do *Don Giovanni*, usando os números da pandemia. Carlos reconheceu o episódio doméstico que ele próprio contara ao amigo, mas achou excessivo. Achou que aquilo era pisar o risco. Álvaro perguntou-lhe a que risco ele se referia. Mas, passada uma hora, mandou-lhe uma nova versão, em que a jovem cantava, em vez da ária do catálogo, o *Non più andrai, farfallone amoroso*, das *Bodas de Fígaro*, para fazer troça das metáforas militares que a pandemia fazia nascer como cogumelos venenosos, acabando a gritar «*Cherubino alla vittoria, alla gloria militar!*» Carlos respondeu-lhe que esta versão enfraquecia a personagem e tornava o final mais ambíguo. Debateram longamente o assunto, e Álvaro acabou por declarar que não sabia que final escolher. Que, pela primeira vez na vida, desejava que os outros decidissem por ele.

— Decide tu — pediu ao amigo.

Sónia escreveu na coluna dos «Contras»:

> *No* Skype, *todos parecemos dez ou vinte anos mais velhos do que na realidade. Velhos e doentes.*

Desejava ver crescer a coluna dos «Contras». Embora cada uma das entradas nessa coluna a deprimisse mais, sentia que talvez fosse um passo para o final daquele pesadelo. Se os «Contras» se acumulassem, as pessoas cairiam em si, poriam fim à loucura. Mas a verdade é que as entradas na coluna dos «Prós» também a deprimiam, pelo simples facto de existirem. Tudo a deprimia naquela doença planetária.

Álvaro confessou a Carlos recear que, ao publicar o texto no jornal, alguém achasse que a pandemia lhe estimulara a imaginação. Temia que alguém achasse que ele desejava o prolongar da pandemia, para poder continuar a escrever textos como aquele. Na cabeça dele, soou uma voz que não era a sua nem a de Carlos, a dizer: «textos de merda como aquele». E disse ainda que a pandemia era uma coisa negra, medonha, capaz de contaminar tudo aquilo em que tocava. Capaz de contaminar a escrita, as palavras. Nesse aspecto, talvez Carlos tivesse razão. Aquela pandemia, contaminando as relações entre todas as pessoas, não podia deixar de contaminar as relações entre o escritor e quem o lê. Carlos sossegou-o, disse-lhe que escrever é um gesto solitário, sempre feito ao arrepio das comoções colectivas. É sempre um gesto egoísta. E que, num momento como aquele, tudo o que cheirasse vagamente a egoísmo seria apontado a dedo.

— Mas, às vezes — concluiu —, o nosso egoísmo pode ajudar os outros. Não os que nos estão mais próximos, é certo. Se escreveres bem, estarás sempre a ajudar os outros. Estarás sempre a ajudar quem te ler.

Sónia disse a Henrique:

— Dizem que estamos em guerra. Mas sempre nos apontaram, como exemplo da postura certa em tempo de guerra, o comportamento dos ingleses durante o *Blitz*. De dentes cerrados, a continuarem a sua vida.

Henrique respondeu-lhe que as bombas não são contagiosas. Matam onde caem e pronto. E perguntou-lhe se, sendo assim, ela achava que a solução era um deixa-andar à Boris Johnson. Sónia ficou irritada, respondeu que não gostava de ser comparada com populistas e oportunistas como esse imbecil.

— Não é isso que eu quero dizer — continuou, já a galope, de lança em riste. — O que eu digo é que os ingleses, durante o *Blitz*, não se fecharam nas caves a ler brochuras sobre as bombas dos alemães, a analisar ao pormenor as estatísticas, a debater quantas pessoas, em média, eram mortas por cada uma das variedades de bombas. Tomaram as suas precauções e continuaram a viver. Só isso.

Depois de desligar, escreveu na lista dos «Contras»:

> *Quem não entra em histerismo arrisca-se a ser comparado ao Trump ou ao Bolsonaro.*

E pensou: «Podem fazer-se perguntas incómodas durante um bombardeamento?» E depois: «Fazer perguntas incómodas não será, precisamente, a melhor maneira de aguentar um bombardeamento sem enlouquecer?»

Carlos abriu os olhos. Era de manhã. Lembrou-se da cena da véspera, no banco, o sem-abrigo a tossir para cima dos teclados das caixas multibanco. Pensou: «Porque é que ele se limitou a tossir? Porque é que não escarrou? Ninguém lhe teria feito nada. Ele gozava de uma impunidade total.» Depois lembrou-se do que vira ao regressar a casa, na rua transversal àquela onde moravam. Um homem da idade dele, cinquenta e tais, de máscara e luvas, parado no asfalto, a falar com uma velhinha que, apoiada no parapeito da janela, se debruçava do segundo andar de um prédio. No momento em que passou, ouviu o homem a dizer em voz muito alta, para se fazer entender àquela distância e vencer o obstáculo da máscara que lhe cobria a boca:

— Cuide de si, mãe. E não beba tanto, que o seu problema é só esse.

Arredou os lençóis, sentou-se na cama. Pensou: «É possível gostar muito de alguém e ter muito medo dessa pessoa, é possível sentir pelos outros muitas coisas ao mesmo tempo, amor e medo e inveja e aversão e repugnância e instinto protector. Não é preciso escolher a cada momento.» Viu as horas. Eram onze da manhã, a casa estava em silêncio.

Parado diante da porta fechada do quarto da filha, pediu-lhe:

— Suspende a respiração e conta até dez. É para teu bem.

Sónia mandou-o passear. Carlos ergueu a mão, aproximou-a da maçaneta da porta, hesitou. No momento em que ia tocar-lhe e rodá-la, viu o sangue escorrer. Sem dar por isso, num gesto automático, quase reflexo, arrancara com os dentes, momentos antes, uma pele do indicador, junto à unha. Lambeu o sangue num gesto ávido, depois arrependeu-se. Olhou para o alto. A mancha no estuque do tecto, pareceu-lhe, era agora maior, marmoreada, como a pele de um animal. Ou como a pele de um velho. Como a sua pele, cheia de sinais.

— Suspende a respiração e conta até dez, Sónia — pediu em voz alta, cansada. — Sou eu que te peço.

Sentada à secretária, com a porta do quarto trancada à chave, por dentro, num silêncio obstinado de criança amuada ou de animal doente, Sónia pegou na caneta e escreveu na coluna dos «Prós»:

Tudo se tornou finito.

III

Álvaro tinha muitas saudades da vida anterior à pandemia. Tinha saudades da sua infelicidade regrada, simétrica de outrora. A azáfama desses tempos, o cansaço agradável dos prazos a cumprir e o gozo de encaixar mil e uma tarefas umas nas outras, sem nunca falhar, como um malabarista experimentado, permitiam-lhe manter certos pensamentos no fundo de si. Esses pensamentos eram como baleias, só vinham respirar à superfície de vez em quando, só esporadicamente se mostravam. Ele entrevia-os, mas, com certo esforço, conseguia desviar a vista o tempo suficiente, e eles mergulhavam outra vez. Aprendera a conhecer-lhes os hábitos, sabia calcular com rigor quanto tempo decorria entre as suas aparições, conhecia perfeitamente os estímulos que os faziam emergir, quais os momentos do dia mais propícios às suas arremetidas. Agora, naquele mar parado e oleoso, os pensamentos incómodos e dolorosos ficavam ali, à tona, a arfar, o dia inteiro, a noite inteira. Pareciam um bando de toninhas encalhadas na praia, ao sol, a agonizar. Olhou para o gato, que se esgueirou para baixo da mesa antes que ele o conseguisse agarrar. Pensou: «O gato já não nos suporta. Deve pensar: "Mas esta gente não me desampara a loja, não me deixa em paz?" Exactamente como eu, farto dos meus pensamentos negros. Não me largam da mão, não têm para onde ir.» Levantou-se, foi até à janela, logo recuou, agoniado perante o espectáculo da rua deserta, sem gente, só carros estacionados a perder de vista. «Onze dias de quarentena e já estou farto de mim. Já não me suporto.»

Pensou: «As coisas nunca mais vão voltar ao que eram. Temos tanto medo que, doravante, estaremos dispostos a aceitar crueldades que, há um mês, seriam impensáveis.» Os pensamentos negros saltavam em cardume ao encontro dele, não tinha nada para lhes opor, não se conseguia defender. «Se há um mês alguém nos dissesse: "Estás proibido de ver os teus pais por tempo indeterminado", diríamos logo: "És maluquinho, não te admito que me dês ordens, vejo os meus pais quando muito bem entender." Agora, se nos proibirem de ir ao funeral dos nossos pais, obedeceremos. E esta crueldade que infligimos a nós próprios, por muito justificada que seja, irá multiplicar-se por cem, por mil, e estaremos dispostos a infligir crueldades dez vezes piores aos outros, se alguém nos garantir que essa é a única maneira de ficarmos a salvo.» O gato saltou para cima da mesa, olhou-o com o seu ar habitual de hipnotizador relutante. «Mas tudo», pensou Álvaro, «se passará de um momento para o outro, sem darmos por isso. Acordaremos um dia, olhar-nos-emos nos olhos e não nos reconheceremos uns aos outros. E não saberemos dizer em que momento nos transformámos no que agora somos».

Foi ao supermercado com a mulher, a Cláudia, ficaram à espera na fila, lado a lado, avançaram aos poucos. Cada vez que saía uma pessoa, a empregada da caixa fazia sinal à pessoa seguinte da fila para entrar. Saíram duas pessoas, era a vez deles, a empregada mandou-os entrar, mas, ao vê-los caminharem colados um ao outro, de mãos dadas, disse-lhes:

— Não andem juntinhos, por favor.

Álvaro teve vontade de lhe dizer: «Sabe, nós dormimos na mesma cama», mas depois achou que não valia a pena. «Este é o tempo do absurdo», pensou. «E contra o absurdo não há argumentos.»

Saíram do supermercado, iniciaram o regresso a casa pelo caminho mais curto, com os sacos na mão. Ele disse a Cláudia:

— Falei com o Tiago.

O Tiago era um amigo que morava na Holanda.

— Disse-me que ontem, no supermercado, deixou cair ao chão uma lata de sardinhas, e um desconhecido que estava ali ao lado apanhou a lata do chão e pô-la no carrinho dele e sorriu para ele. Disse-me que, lá em Haia, as pessoas sorriem na rua umas para as outras. Viste as pessoas ali, no supermercado? — e apontou com o polegar por cima do ombro.

Ela fez que sim com a cabeça.

— Gente crispada, tensa, sem nada para dar aos outros — acrescentou Álvaro.

Disse isto para que Cláudia o contrariasse, para que ela dissesse: «Olha que não, a rapariga da caixa sorriu», ou coisa do género. Mas ela continuou a caminhar em silêncio. E ele prosseguiu:

— Além do mais, mesmo que sorrissem, em muitos casos não se daria por nada, porque mais de metade das pessoas, agora, anda de máscara. As pessoas deixaram de ter rosto. São pares de olhos apavorados.

Isto era o sinal para ela contrapor: «Mas os olhos também sorriem, sabes.» Em vão, porém. Ela não se deu por achada.

À porta do supermercado, um empregado distribuíra a cada cliente, na fila, um par de luvas de plástico transparente. Por enquanto, a máscara ainda não era obrigatória. «Lá chegaremos», pensou Álvaro.

— Se me obrigarem a usar máscara, recuso-me a sair à rua.

Disse isto já em desespero, para espicaçar Cláudia, para a ouvir dizer: «Não recusas nada, deixa-te de fitas, usas a máscara e pronto. Se disserem que tens de usar, é para teu bem.» Mas ela continuou calada. Ao dar voz aos seus pensamentos negros diante da mulher, era como se Álvaro lhe apontasse um mosquito pousado na parede e lhe pedisse: «Mata-o, sim?» Cláudia era uma pessoa optimista, ele apaixonara-se pelo optimismo dela quando eram novos. Eram como Orfeu e Eurídice, mas os papéis estavam invertidos, sempre haviam estado. Era ele que se perdia nas trevas, era ela que descia com a sua lira em busca dele, que adormecia as feras com a sua voz, que o trazia consigo. Não raro, tinha de descer várias vezes no mesmo dia para o ir buscar. Mas nunca fraquejava, nunca perdia a fé, nunca olhava para trás no último instante, ao contrário do Orfeu da lenda, que, duvidando, deitou tudo a perder. Cláudia era uma Eurídice/Orfeu que nunca vacilaria, que nunca perderia a fé, que resgataria sempre o seu Orfeu/Eurídice.

Daquela vez, porém, Cláudia não disse as palavras certas, as frases justas, não forçou as baleias disformes, os monstros marinhos de Álvaro a mergulharem e a desaparecerem durante umas horas, nem que fosse durante breves momentos. Parecia uma actriz esquecida das suas deixas, muda e queda em palco, alheia aos sussurros em crescendo dos espectadores. Ficou muito tempo em silêncio. Por fim, disse:

— Só espero que esta pandemia não mate o século XX. Só espero que não mate todas as lições que esse século nos ensinou.

Ele nunca a ouvira falar assim. Normalmente, ela acudia-lhe de imediato, assim que o via preso nas suas areias movediças. Também ela conhecia os pensamentos negros de Álvaro como a palma da sua mão, sabia que, deixados à solta, podiam fazer estragos devastadores. Hoje, porém, havia nela qualquer coisa de diferente, uma relutância em se mostrar optimista, o ar assustado de quem acaba de receber a notícia da morte de um amigo de infância, alguém da nossa idade. Ele deu por si a dizer-lhe:

— Olha que não, também não exageremos.

Deu por si a içá-la das profundezas, coisa que nunca fizera, e a sensação foi estranhamente agradável. Deliciou-o, aquela inversão de papéis. «Não custa nada, afinal», pensou. E depois reflectiu: «A pandemia é também isto, esta corrida ao armamento. Cada qual tenta subir a parada, mergulhar mais fundo no pessimismo. Noutros casos, noutros momentos, é o contrário, uma competição para ver quem é mais pueril, mais piegas, mais parvamente optimista.»

Tentou remontar às origens daquela mudança na postura da mulher. Não precisou de procurar muito, porque, no fundo, já sabia a resposta. Fora na antevéspera, quando pela primeira vez a vira, em casa, a abrir as portas com gestos atabalhoados, servindo-se dos cotovelos e dos antebraços, como uma aleijada, só para não tocar com as mãos nas superfícies metálicas contaminadas das maçanetas. E lembrou-se de que, naquele momento, ela o vira ali, a fitá-la, e olhara para ele por cima do ombro, com um ar meio envergonhado, o ar que ela fazia quando, a meio da noite, ele a ia surpreender na cozinha, de colher na boca, com uma lata de leite condensado aberta na mão. E lembrou-se ainda de que, ao vê-la assim, a desferir pancadas canhestras na maçaneta da porta da sala com o antebraço, lhe ocorrera uma imagem horrível, saída de um documentário que vira em tempos, sobre a Serra Leoa ou o Congo: uma mulher a quem as crianças-soldados, encharcadas em drogas, tinham cortado as mãos. A guerra, sempre a guerra a colar-se, sorrateira, àquela pandemia.

Apesar do tom ligeiro com que se sentira forçado a rebater aquela ideia de Cláudia, ficou a pensar no que ela dissera, na possibilidade de a pandemia matar o século XX. Ele próprio já pensara o mesmo. O que mais o afligia era aquilo: o que a pandemia faria à nossa memória colectiva. «Se morrerem muitas pessoas, se o abalo na nossa sociedade e no nosso quotidiano for muito profundo e muito duradouro», disse para consigo, «as grandes catástrofes do passado recente, cujos ensinamentos de sangue e dor formavam ainda uma ténue barreira contra a barbárie, serão suplantadas. A Grande Guerra, a Segunda Guerra Mundial, o Holocausto, a Guerra do Vietname. Se este cataclismo mudar de alto a baixo a nossa vida quotidiana, os nossos hábitos, todo o sofrimento anterior será remetido, definitivamente, para o museu. Teremos com esses dramas longínquos a mesma relação que agora temos com as guerras napoleónicas. Quando vemos as histórias de Oitocentos nos filmes e nas séries de televisão, achamos os uniformes castiços, os trajes femininos encantadores, mas não percebemos lá muito bem o que é que aquela gente anda para ali a fazer, o que os move, o que os faz sofrer. Ou antes: os argumentistas e os realizadores dos filmes e das séries põem essa gente a pensar e a agir exactamente como nós, porque, se fossem fiéis à realidade e às mentalidades daquele tempo, ninguém quereria ver aquilo, ninguém entenderia, sequer, os raciocínios e as motivações daqueles nossos antepassados distantes. O mesmo se vai passar com o Holocausto: será uma coisa remota, atenuada, vai tornar-se decorativo, inútil. Não terá servido para nada».

Depois pensou: «Mas isso já estava a suceder, é inevitável que aconteça.» Como se discutisse consigo próprio, contrapôs: «Mas ainda havia a memória dos sobreviventes.» E logo a outra metade acudiu: «Já não há sobreviventes da Grande Guerra. Já morreram todos, há décadas. E os sobreviventes da Segunda Guerra e do Holocausto não vão durar nem mais dez anos.» Ele próprio ripostou, já em desespero: «Há a memória dos filhos, dos netos.»

Tivera tudo marcado, viagens de avião, hotel, carro alugado, para participar, com os amigos franceses, belgas, alemães, luxemburgueses, espanhóis, na marcha anual que assinalava, a 16 de Abril, o início da trágica ofensiva do Chemin des Dames, em 1917. Em 2019, ouvira os organizadores, ao almoço, a debaterem a melhor maneira de prosseguir com as comemorações dali em diante, e um deles dissera: «Não se pode comemorar o centenário todos os anos. É preciso reinventar a memória.» Agora, tudo fora cancelado. Em 2020, não haveria marcha da memória em Craonne, não se reuniriam ali pessoas vindas de toda a Europa para recordar a injustiça, o sofrimento dos mortos, dos feridos e dos estropiados de 14-18, para repudiar a prepotência, a cegueira, a xenofobia, para reafirmar a amizade entre os povos, para dizer, mesmo que ninguém o clamasse com todas as letras, porque não era preciso: «Nunca mais.» Álvaro viu nesta anulação da marcha um prenúncio sinistro. Sabia que há coisas que, uma vez interrompidas, nunca mais recomeçam. Que há raciocínios e sentimentos que, quando se dissociam, nunca mais se tornam a cruzar. Que a memória é uma planta frágil, muito delicada, que não tolera mudanças bruscas na humidade, na luz, na composição do solo em que medra.

Era isto que não perdoava àquela pandemia. Por trás da aparente paralisia do tempo, o vírus ocultava, pelo contrário, uma aceleração vertiginosa do tempo. Também por isso, ou principalmente por isso, aquela doença era traiçoeira. Simulava uma coisa e fazia, a coberto do disfarce, outra bem diferente. E, por fim, não lhe perdoava ter surgido naquele momento, não ter esperado cinquenta ou sessenta anos, tê-lo obrigado a presenciá-la, ter-lhe servido aquela angústia, ter-lhe dado a ver certas coisas. Não perdoava àquela pandemia não ter esperado que ele morresse para acontecer.

Pensou nos veteranos da guerra colonial, nos retornados de África, pessoas que eram reservatórios vivos de memórias insubstituíveis. Mais do que vê-las morrer da pandemia, temia que as memórias, as vivências delas, que sempre tinham sido relegadas para os rodapés do nosso imaginário, se tornassem agora definitivamente anacrónicas, submergidas pelo *tsunami* de emoções, de acontecimentos que aí vinha. Anacrónicas como uma ampulheta ou um mata-borrão numa unidade de cuidados intensivos. Anacrónicas como os ademanes de alegria e ódio dos actores dos filmes mudos, que não nos emocionam nem perturbam, apenas nos fazem sorrir com comiseração.

Já em casa, lembrou-se do tio de Carlos, um homem chamado Jorge, veterano da guerra colonial, da Guiné. Encontrara-se com ele uma vez, há uns meses, num almoço de fim-de-semana em casa de Carlos. Jorge contara meia dúzia de histórias da guerra, as suficientes para Álvaro querer saber mais. Sempre que podia, conversava longamente com veteranos da guerra colonial, extraía deles todas as histórias, todos os pormenores, não se dava por satisfeito enquanto eles não lhe contavam as mesmas histórias várias vezes, enriquecendo-as com pormenores de que talvez eles próprios se tivessem há muito esquecido e que só ele, com as suas perguntas, os fazia recordar. Não se dava por satisfeito enquanto eles não lhe contavam histórias que nunca tivessem contado a ninguém. Gostava de pensar em si próprio como um depositário de memórias únicas. Via-se na pele de um cronista, e aqueles homens eram reis ou príncipes. Via-se na pele de um portador de segredos alheios, alguns inconfessáveis. Como se dissecar os demónios dos outros o ajudasse a esquecer os seus. Dissera a Carlos: «Temos de ir falar com o teu tio um dia destes, só nós os dois e ele. Sem mulheres. Para ele nos contar tudo.» Mas os dias tinham passado, depois os meses, e essa conversa fora sendo sucessivamente adiada.

Ligou a Carlos, disse-lhe que era urgente irem falar com o tio dele. Carlos cortou:

— Estás maluco, não?

Álvaro jogou friamente as suas cartas. Planeara bem a conversa, sabia, em traços gerais, como o amigo ia reagir. Disse-lhe que o tio era um idoso, um viúvo que morava sozinho, que precisava, certamente, de assistência. Sabia que a prima de Carlos, filha única de Jorge, vivia na Bélgica há muitos anos, não estava em Portugal. Carlos hesitou um pouco.

— Ainda ontem falei com ele — disse — e estava tudo bem.

Álvaro contrapôs que não havia nada como verificar *in loco*.

— Eu não vou entrar em casa de um homem de setenta e tal anos, não sou nenhum irresponsável, ouviste? — atirou Carlos.

Álvaro disse-lhe:

— Falamos com ele da rua, não é preciso subirmos.

— «Falamos»? — Carlos pareceu estupefacto. — Mas o que é que tu vais lá fazer?

— Ele tem de me contar... de nos contar as histórias da guerra colonial — disse Álvaro. — Antes que seja tarde.

— Há muito tempo para isso, quando esta história passar — respondeu Carlos, com ar de quem quer acabar a conversa.

Mas Álvaro sabia que o amigo tinha tempo de sobra e que se aborrecia em casa, apesar dos pavores. Jogou então a cartada decisiva, um golpe baixo, espúrio.

— Não és tu que dizes que estamos em guerra? Se assim é, precisamos de colher os ensinamentos das outras guerras, junto de quem as travou.

Carlos pareceu aborrecido:

— Não faças de mim parvo. Isso não tem pés nem cabeça.

Mas a tolice daquele argumento deu-lhe a medida certa da ânsia de Álvaro. Se este lançava mão de uma jogada tão reles, tão estapafúrdia, é porque estava mesmo desesperado. Ainda relutante, cedeu:

— Vamos lá — e de imediato, como quem se arrepende, declarou: — Mas não vais comigo dentro do carro, nem penses.

Naquela tarde, à hora marcada, Carlos parou o carro à porta do prédio de Álvaro e buzinou. Álvaro desceu, aparelhado com os requisitos que o amigo lhe exigira: luvas de borracha, máscara cirúrgica. Cláudia fizera troça dele ao vê-lo amarrar os atilhos da máscara atrás da nuca: «Para quem jurou que nunca sairia à rua de máscara...» Mas logo parou de troçar, porque percebeu o quanto aquilo custava ao marido. Álvaro deitou-se na bagageira, que Carlos tornara o mais confortável possível, pondo ali dois cobertores e uma almofada.

— Estás bem? Atenção às mãos e aos pés!

E Carlos fechou com estrondo a tampa da bagageira. Havia gente às janelas, a assistir ao espectáculo, como no tempo em que as pessoas se punham ao parapeito, «a ver passar», a vigiar a vizinhança.

Na penumbra da bagageira, encostado aos bancos traseiros do carro, sentindo debaixo do corpo encolhido as reentrâncias do pneu sobresselente, da caixa do triângulo, Álvaro passou em revista todos os filmes de que se conseguia recordar nos quais alguém era trancado numa bagageira, e concluiu que, em todos eles, sem excepção, esse pobre diabo acabava por morrer, abatido a tiro. No fim da viagem, havia um plano negro, filmado do interior da bagageira, depois ouvia-se o estalo do fecho a abrir-se, o ecrã enchia-se de luz, alguém levantava a tampa e dava um tiro no fulano. Ou então arrancava o desgraçado da bagageira para o matar dali a pouco, num armazém ou numa casa abandonada. Deixar-se fechar na bagageira de um carro era uma condenação à morte sem apelo nem agravo. O carro embalava-o. Sabia que a viagem ia demorar uma meia hora. O tio de Carlos morava na Costa da Caparica. Ouviu ao longe a voz do amigo, através da frincha entre os dois bancos traseiros do automóvel:

— Se te sentires mal, avisa, que eu arranjo maneira de parar. Desculpa lá isto, mas tem mesmo de ser assim. Tenho de pensar nos meus. Dizem que, em ambientes fechados, o contágio é tremendo.

Álvaro fechou os olhos. Perguntou-se porque é que aceitara viajar naquelas condições degradantes, burlescas, absurdas. Percebeu que precisava imperiosamente de falar com Jorge, o veterano do Ultramar, porque só isso faria submergir os pensamentos negros que agora o assaltavam, e que Cláudia, pela primeira vez, se mostrava incapaz de domesticar. À hora do almoço, falara com um amigo americano do Tennessee, Walt, que lhe contara que, por lá, havia uma corrida às lojas para comprar papel higiénico, líquido desinfectante e enlatados, mas também armas de fogo e munições. Que os armeiros se tinham preparado para o aumento das vendas, porque a *Wal-Mart* deixara de vender certos géneros de munições, mas que a maioria já tinha esgotado os *stocks*. Walt contou-lhe que, segundo lera no jornal, muitos cidadãos impedidos por lei de terem armas de fogo, por causa de delitos menores, se apressavam agora a contratar advogados, exigindo ao governo estadual que revogasse essa interdição, para poderem «defender as famílias» perante o que aí vinha. No Tennessee, as pessoas preparavam-se para a pandemia como quem se prepara para uma invasão de mortos-vivos. E Walt dissera-lhe, no final da conversa: «Espero que as pessoas, noutros lugares, tenham mais bom senso.» A recordação dessa conversa telefónica esfumou-se, e Álvaro lembrou-se então do que realmente o incomodava, do monstro marinho negro, mutante, imundo, que ele tanto se esforçava por não ver desde aquela manhã. Ali fechado na bagageira bafienta, a cheirar a óleo e a coisas velhas, rendeu-se àquela recordação, deixou de lutar.

Fora no regresso do supermercado. Depois de ter dito a Cláudia aquele «olha que não, também não exageremos», tão pouco habitual nos seus lábios, ele detivera-se a ajeitar as compras dentro do carrinho a transbordar, ao perceber que os solavancos na calçada, cheia de altos e baixos, se arriscavam a fazer cair uma caixa de flocos de milho. Cláudia seguiu em frente, afastando-se meia dúzia de metros, e, ao erguer os olhos, Álvaro viu surgir um homem novo que caminhou direito a ela, como se tivesse brotado do chão. Como se viesse incumbido de uma missão bem precisa.

— Arranja-me uma moeda para comer? — pediu o desconhecido, parado a quatro ou cinco passos de Claúdia.

E ela disse-lhe:

— Eu dou-lhe, mas fique aí.

Havia nos gestos dela laivos de marioneta desarticulada, como se tivesse visto surgir na sua frente, sem mais nem menos, um tigre ou um leão, e, quase paralisada de medo, tentasse aplacar a fera. A voz saiu-lhe desafinada, como se tivesse corrido muito. Com mãos atabalhoadas, tirou o dinheiro da carteira e, sem nunca desviar os olhos do homem, pousou a moeda em cima do rebordo de pedra da vitrina de uma sucursal bancária. Com a precipitação, a moeda ressaltou e caiu na calçada, e Cláudia hesitou, sem saber se a devia apanhar e tornar a pôr no rebordo de mármore, temendo que o homem se aproximasse. E, ao ver o desconhecido a inclinar-se ao de leve para diante, embora ele se mantivesse à mesma distância, ela desatou, literalmente, a fugir em passo apressado pela rua acima. O mendigo avançou para o lugar onde a moeda caíra e agachou-se, a procurá-la, interpondo-se agora, com a massa do seu corpo, entre eles os dois. Só então, como se apenas naquele momento se lembrasse de Álvaro, Cláudia olhou por cima do ombro, fitando-o de relance, antes de continuar em frente, agora quase a correr. E o que Álvaro viu nos olhos dela, naquele breve instante, foi algo que nunca tinha visto até então. Foi como se os olhos dela lhe dissessem: «Se não apertas o passo, deixo-te aí.»

Deitado no fundo da bagageira, com os joelhos encostados ao peito, a ouvir aquele raspar cadenciado dos pneus no piso de ripas metálicas da faixa da esquerda da Ponte 25 de Abril, Álvaro pensou: «O que matou Eurídice pela segunda e definitiva vez, quando Orfeu olhou para trás, quase a sair dos Infernos, não foi a maldição de Perséfone. Bem conversados, os deuses gregos deixavam-se quase sempre comover, era possível dar-lhes a volta. O que a matou, o que a fez deixar-se morrer, foi perceber que Orfeu já não era o mesmo, que ele aguentara até onde pudera, mas que o seu alento se exaurira e que todo aquele esforço lhe começava a pesar. O que a matou foi ver nos olhos de Orfeu este sopro apavorado e um tudo-nada impaciente: "Não te posso ajudar mais. Se não te despachas, deixo-te aí."»

IV

Empoleirada no escadote, que trouxera da despensa com mil cuidados, sem fazer ruído, enquanto os pais dormiam, Sónia pintava o tecto da sala, junto à porta do seu quarto. Um *sfumato* em tons cinzentos e avermelhados, aplicado com rotações delicadas do pincel. Uma enorme mancha de contornos foscos, em cambiantes de azul, como uma infiltração de humidade. Fazia aquilo em noites alternadas. Nas outras noites, também alternadas, esperava que os pais se deitassem, ia buscar o escadote e pintava o tecto de branco, fazendo a mancha desaparecer. Era uma labuta de Penélope, desmanchando a cada noite o que fizera na noite anterior. Quando os pais acordavam, o trabalho estava concluído, o escadote arrumado no seu lugar. Deixava a janela entreaberta para arejar, para não cheirar a tinta. Carlos e Irene acordavam, entravam na sala, olhavam para o tecto sem curiosidade, sabendo já o que ali iam encontrar, uma enorme mancha, sempre renovada e sempre diferente, ou então a superfície de estuque imaculadamente branca. Depois entreolhavam-se e não diziam nada. Tinham entendido.

Sónia já podia circular pela casa, a quarentena imposta pelo pai chegara ao fim. Já podia ir até à marquise, que havia muito convertera no seu estúdio de pintura. Mas ela, o pai e a mãe não se tocavam, não se beijavam. Cada qual tinha a sua loiça, as suas toalhas. O pai dormia na sala, no sofá, como se ele e Irene se estivessem a divorciar, mas nenhum deles tivesse dinheiro para sair de casa.

Nunca mais experimentarás um blush *na loja de cosméticos com o pincel comum.*

A atmosfera saturara-se de mensagens optimistas, «Juntos vamos vencer esta batalha», «Juntos vamos conseguir». Havia bandeiras de Portugal nas varandas, como durante os campeonatos europeus de futebol, como durante os mundiais. Na prática, porém, as pessoas que soltavam ou propagavam essas tiradas esperançosas e que desfraldavam às janelas as bandeiras ufanas eram as primeiras a abraçar os cenários mais negros, recusando-se a correr o mais pequeno risco. Num quadro de incerteza, em que pouco se sabia do vírus, optavam por pressupor o pior, deduziam que ele se transmitia de todas as maneiras possíveis e imaginárias, através do ar, à distância, debaixo de água, preferiam achar que ele resistia a tudo, ao calor, ao frio, à secura, à luz do Sol, que ele se colava a todas as superfícies, à pele humana, ao plástico, ao cartão, aos tecidos, obstinado, feroz, quase indestrutível, a não ser por acção do sacrossanto álcool etílico. As pessoas mostravam-se, simultaneamente, muito optimistas e muito pessimistas, sem que isso as afectasse, sem que se apercebessem, sequer, dessa contradição insanável. Pior: como se essa contradição as fortalecesse e lhes desse alento. Como se o optimismo piegas e o pessimismo histérico se reforçassem mutuamente.

Ela própria sentia o mesmo balanço constante, o mesmo vaivém entre perspectivas risonhas e negros presságios, até ficar enjoada e zonza, com a cabeça a andar à roda. Havia uma diferença, porém. Na cabeça dela, tudo se passava como naquelas alturas em que elaborava as suas listas de prós e contras. No preciso momento em que, finda a lista e ponderados os prós e os contras, tomava a sua decisão, a alternativa que acabava de pôr de parte, em vez de se eclipsar discretamente, parecia fortalecer-se, contaminando com as suas possibilidades frustradas o rumo escolhido. Quando se decidia pelo «sim, vamos a isso», os «contras» acudiam a sentar-se na primeira fila da plateia, prontos a deliciar-se com um eventual fracasso. Pelo contrário, quando se decidia pelo «não, nem pensar», os «prós» acompanhavam-na para toda a parte, a segredar-lhe ao ouvido as delícias de que acabara de abdicar. Os seus estados de espírito eram, portanto, sempre adulterados pelo que poderia ter sido, pelo que não chegara a ser. O optimismo dela nunca era um optimismo puro, o pessimismo dela nunca era um pessimismo genuíno. Os outros, por seu turno, pareciam saltitar entre estes dois estados de espírito com uma destreza invejável, não permitindo que o optimismo contaminasse o pessimismo e vice-versa. Os outros viviam, portanto, num estado de esquecimento permanente. A felicidade era isto: um estado de esquecimento permanente.

Nunca mais pedirás uma dentadinha do pão dos outros.

Não se conseguia libertar da impressão de que aquela pandemia tinha laivos de uma monumental encenação, em que os extremos de despreocupação e de pânico que testemunhava nos outros se houvessem dissociado por completo da sua causa primeira, emancipando-se em relação ao vírus até se bastarem a si próprios, sucedâneos de sucedâneos. A despreocupação palerma e o pânico disposto a tudo de que as pessoas davam mostras pareciam-lhe tão artificiais e tão deliberadamente pueris como as suas próprias listas de prós e contras, que ela invariavelmente adornava com excessos e floreados, deleitando-se a ramificá-las além do razoável, já desligadas do seu fim primordial. Não se conseguia libertar da ideia de que a pandemia ganhara vida própria e já nada tinha que ver com o vírus. Mesmo que agora dissessem às pessoas que o vírus, no fim de contas, não se transmite, elas já não acreditariam. Recusar-se-iam obstinadamente a regressar ao normal, àquilo que era, até há bem poucas semanas, o normal. Tinham muito medo e já não sabiam bem de quê.

Nunca mais aceitarás o lenço de papel que mãos prestáveis te estenderem quando espirrares.

A convite de um grupo de amigos da faculdade, participou num lanche por videochamada. No ecrã do computador surgiram sucessivamente sete quadrados, num dos quais figurava ela própria. As pessoas falavam, bebiam, comiam, exibiam a comida no ecrã antes de dar grandes dentadas, riam-se. Sónia nunca participara numa conversa por *Skype* com tanta gente. Certas coisas, que até então lhe tinham escapado, tornaram-se claras. Pensou: «No *Skype* não é possível vermos os outros sem sermos vistos. Estamos sempre presentes, nunca nos ausentamos do olhar dos outros.» Para alguém como ela, que gostava de observar discretamente as outras pessoas, mantendo-se à margem, aquilo era uma agressão permanente. Era como estar no meio de uma sala apinhada, com um holofote apontado à cara. Era como ser interrogada pela polícia. Era como ser o modelo nu numa das aulas de pintura, na faculdade. Sempre se sentira constrangida nas aulas de modelo nu. Sempre achara que era uma questão de tempo até o professor se virar para ela e lhe dizer: «Agora é a tua vez. Despe-te e sobe para ali.»

Nunca mais beijarás um desconhecido na boca sem temor.

Nas longas horas de ócio que a pandemia lhe proporcionava, pôs-se a pesquisar dados sobre a malária. Leu na página oficial da OMS que, em 2018, houve 228 milhões de casos de malária no mundo, 93% dos quais em África. Que, nesse ano, morreram 405 000 pessoas de malária, das quais 272 000 crianças com menos de cinco anos. Ou seja, 1110 pessoas por dia, das quais 745 crianças. Falou ao Henrique destes números, e ele disse-lhe logo, com um travo de impaciência na voz:

— Se estás a querer fazer paralelismos com a pandemia actual, olha que não é comparável.

Sónia atalhou:

— Mas o que é que não é comparável? O sofrimento? Olha que, se calhar...

Como quem explica as coisas a uma criança pequena, com um misto de paternalismo e fastio, Henrique falou da curva, do pico, do achatamento, do risco de os serviços de saúde entrarem em colapso. Sónia já ouvira aquilo muitas vezes, declinado de mil maneiras, mas era alérgica a vozes em coro a repetirem verdades incontestáveis. Disse:

— Bem, como os serviços de saúde dos países africanos onde mais se morre de malária já entraram em colapso há muito tempo, se é que alguma vez existiram, não se corre esse risco por lá, de facto. Nesse aspecto, eles são imunes às pandemias: venham elas, uma, duas, três ao mesmo tempo! Malária, sida, vírus-da-coroa, quantos são, quantos são?

Henrique interrompeu-a, disse-lhe que isto era demagogia pura. Falou em «desonestidade intelectual». Sónia respondeu:

— Vê lá se entendes. Não digo que estamos demasiado preocupados com esta pandemia. Só digo que, antes, não estávamos suficientemente preocupados com outras pandemias. É isto que me dá vertigens.

A ironia suprema seria que um medicamento usado para tratar a malária, a doença dos pretos, dos miseráveis, dos deserdados do hemisfério Sul, acabasse por salvar deste novo vírus os opulentos, os podres de ricos. Sónia pensou: «Espero bem que não. Se assim fosse, nem uma caixa de cloroquina chegaria às mãos dos pobres de África nos próximos anos. Tomara que não. Inventem um medicamento para ricos, se querem.»

Durante o lanche virtual por *Skype*, a ligação à Internet de um ou outro dos amigos falhava constantemente. Joana queixou-se: «Agora não vos estou a ver, só ouço as vozes.» Mais adiante, foi a vez de Henrique intervir: «Não ouvi o que disseste, Alice, estás sem som, tens o microfone desligado.» Sónia pensou que aquela videochamada era como as aparições de Fátima. Há sempre um pastorinho que ouve, mas não vê, outro que vê, mas não ouve nem pode falar, um felizardo que pode ver, ouvir e falar. Eram as aparições de Fátima, mas sem espiritualidade, sem emoção, sem gente a atropelar-se, sem gente a espojar-se no chão e a espumar pela boca, sem promessas de cura miraculosa. Eles nem sequer eram pastorinhos trocistas, a brincar às aparições, como os videntes do Fellini no *La Dolce Vita*. Nem isso. Alguém disse que o tio de um colega deles morrera dois dias antes. Joana perguntou. «Morreu de quê?» E Henrique: «De ataque de coração.» E Joana: «Do mal, o menos.»

Sónia pensava constantemente nos homens e mulheres que, se estivessem vivos, a ajudariam a entender o que se passava. Umberto Eco, Susan Sontag. Pasolini, mas mataram-no. Mark Fisher, mas suicidou-se. Guy Debord, mas suicidou-se. Gilles Deleuze, mas suicidou-se. Trouxera de Milão, na mala, nos bolsos, na carteira, talões e facturas de lojas onde fizera compras, de restaurantes e de bares onde fora comer ou beber um copo. Deixava esses papelinhos deliberadamente pela casa, em lugares estratégicos, onde sabia que o pai e a mãe os encontrariam. Uma factura de uma loja de ferragens, onde comprara um candeeiro para a secretária. Facturas de livros comprados na Feltrinelli, de tintas e pincéis comprados na Colorificio Pecchio, cartões de bares: o Piccolo e Sublime, o Cucchiaio d'Oro. No verso de cada papel, escrevia frases premonitórias.

Nunca mais confiarás na saliva alheia.

O pai e a mãe não lhe diziam nada. Sónia via desaparecer os papéis, tornava a pôr outros no seu lugar. Dentro da caixa das bolachas, dentro da lata do açúcar, na porta do frigorífico, presos com um íman, nos bolsos dos casacos do pai e da mãe. Uma vez, meteu um destes papelinhos no meio das folhas de uma couve. Tinha uma provisão infindável de facturas contaminadas com o ar milanês, com os perdigotos milaneses. Sentia-se na pele de uma profetisa amaldiçoada. Começou a assinar estes bilhetes como «Cassandra».

Nunca mais farás festas nos cães dos outros.

No *Skype*, as divisões onde os amigos dela lanchavam pareciam minúsculas, claustrofóbicas. O mesmo sucedia com o quarto onde ela própria se encontrava, no quadradinho do ecrã que lhe estava reservado. As vozes soavam metálicas, faziam eco, muito próximas ou muito distantes, aos gritos ou abafadas. Ouviam-se sons rangentes, cavos. Num documentário sobre a emissão radiofónica de *A Guerra dos Mundos*, de Orson Welles, que Sónia vira uma vez, explicaram que, para simular o ruído da porta da nave espacial ao abrir-se, um dos colaboradores de Welles gravou o som da tampa de um frasco de *pickles* a ser desenroscada dentro de uma sanita, para fazer eco. Sónia pensou: «A nossa tecnologia de ponta leva-nos de regresso aos anos 30.» Henrique começou a falar com uma voz pipilada, como um daqueles alienígenas ridículos da *Guerra das Estrelas*. Alguém o avisou: «Estás sem Internet.» Sónia pensou: «A nossa tecnologia de ponta assemelha-se à ficção científica mais estafada e palerma que já se fez.»

O pai dela saiu, dizendo que ia visitar o tio à Costa da Caparica. Antes, explicou, ia passar pela casa do amigo Álvaro, para o apanhar. Parado no átrio, procurou na mesinha as chaves do carro. Parecia um astronauta saído de um filme para crianças, de gorro enterrado até aos olhos, luvas de borracha, embrulhado na cobertura impermeável, lilás, de uma tenda de campismo. Antes de abrir a porta da rua, pôs no rosto uma máscara cirúrgica, onde Sónia pintara uma boca de lábios grossos, à Rolling Stones. Furtara a caixa das máscaras e passara uma tarde na marquise a pintá-las laboriosamente, uma a uma, com dentes de caveira, caninos de vampiro, bocas de palhaço. Pensara então: «Resistir é, sempre, um gesto estético.» Pela janela, viu o pai dirigir-se para o carro com movimentos hirtos. Achou-o comovente, frágil, ridiculamente frágil. Como alguém a erguer o braço para cobrir o rosto e defender-se da rajada de metralhadora de um helicanhão. Teve vontade de correr atrás dele, de o chamar e de o abraçar, mas soube logo que ele recusaria o abraço e não o quis constranger.

Nunca mais te sentirás ridículo.

Mal viu o carro do pai desaparecer à esquina, disse à mãe:

— Vou sair.

E, antes que Irene pudesse objectar, desceu a escada e deu por si na rua. Era a primeira vez que saía de casa desde o regresso de Itália. Foi até à placa central, respirou fundo, olhou em volta. No rés-do-chão do prédio ao lado, alguém pendurara da janela uma fronha cortada ao longo da costura, onde as crianças da casa tinham pintado, com muitas cores, a frase «Vai ficar tudo bem», encimada por um arco-íris, nuvens risonhas, um Sol. Sónia meteu a mão no bolso do blusão, encontrou ali um marcador grosso. Adiantou-se e, com gestos precisos, traçou um grande «Não» antes da frase colorida. Afastou-se pela rua acima.

No lanche por videochamada, os silêncios eram sempre embaraçosos, perturbantes. O *Skype* é um lugar sem silêncio. Os amigos dela voltavam a cabeça e falavam com gente que estava fora do enquadramento da câmara. No *Skype*, conversamos com o mundo inteiro. De vez em quando, sem aviso, irrompiam outras pessoas num dos quadradinhos do ecrã, os irmãos e as irmãs de um deles, a mãe de Joana, figuras curvadas, de rosto torcido, em ângulos bizarros. Apareciam de repente, depois eclipsavam-se sem deixar rasto. O *Skype* é um mundo fragmentado, descontínuo, ameaçador. Quando todos desligaram, ao cabo de despedidas intermináveis, e os quadradinhos no ecrã se apagaram, um por um, Sónia percebeu que se sentia exausta, com dor de cabeça. Aquele lanche virtual tivera todos os incómodos dos encontros ao vivo com os amigos e nenhuma das suas vantagens, a que vinham juntar-se novos incómodos causados pela tecnologia. Tratara-se, afinal, de um exercício de solidão acrescida. «Se isto é o futuro», pensou, «então não quero. Dispenso. Prefiro ver um filme».

Nunca mais poderás manifestar-te pelo clima.

Caminhou pela rua acima. Tudo exibia agora um ar de abandono. Num prédio de escritórios em cuja entrada havia um painel para inscrever os nomes das empresas, uma linha para cada andar, viu que, entre nomes pomposos e estrangeirados de escritórios de advocacia e de empresas de *marketing*, alguém escrevera nos espaços em branco, numa caligrafia oscilante: «Bailarino rancoroso», «Drogado ambicioso», «Niilista metódico», «Forcado feminista». Viu um homem de ténis e calções a correr pela ciclovia às arrecuas, a toda a velocidade, e ficou a contemplá-lo, à espera de o ver cair de costas. Não desejou vê-lo cair de costas, mas achou que era inevitável isso acontecer. O homem, no entanto, continuou lançado, correndo às arrecuas como uma flecha, a fitá-la, até dobrar a esquina e desaparecer.

Nunca mais poderás erguer barricadas nas ruas.

Pensou que talvez a experiência desagradável do lanche por videochamada fosse fruto dos problemas técnicos. Que, se a tecnologia fosse mais evoluída, se a imagem dos seus amigos no ecrã fosse perfeita, com altíssima definição, ou mesmo tridimensional, qual holograma, então talvez aquele cansaço e aquela sensação de vazio não a tivessem invadido no final. Depois concluiu que não. Que ainda seria pior. Que, no dia em que a tecnologia nos der a ilusão de que a presença física dos outros é dispensável, estaremos definitivamente mortos.

Viu, ao fundo da rua, um velho de setenta e tal anos e uma mulher mais nova, a caminho dos cinquenta. A mulher fazia gestos exaltados. A configuração dos prédios e o tapume de um estaleiro de obras permitiram a Sónia aproximar-se e escutar sem ser vista.

— Não pode sair de casa, já lhe disse, pai! — exclamou a mulher, quase aos gritos. — Já é a terceira vez que o apanho aqui!

— Ó filha — disse o velho, em tom exausto —, mas queres que eu dê em doido? Preciso de sair, tenho de me encontrar com os meus amigos, de conversar com eles cara a cara...

— Não pode, percebeu, pai? — a voz da mulher tornou-se policial. — Não pode, para seu bem e para o bem de todos! Se não quer saber de si, ao menos pense nos outros!

Sónia espreitou de trás do tapume. Viu o velho a endireitar-se, muito digno, e a entrar no prédio. «Como é que se resiste», pensou, «aos ditames de quem nos quer ver saudáveis, em segurança, longevos? Como é que se resiste à chantagem de quem nos quer proteger para se sentir em segurança? Como é que se resiste ao amor invasivo dos outros?»

Nunca mais farás a revolução.

Naquela noite, empoleirada no escadote que trouxera da despensa com mil cuidados, enquanto se preparava para repintar de branco o tecto da sala, meditou: «Sou uma Penélope sem Ulisses, a tecer um sudário e a desmanchá-lo porque sim, só para não morrer de tédio. Sou uma Cassandra em quem todos acreditam, a quem todos dizem: "Acreditamos em ti, mas deixa-nos viver na ilusão de que, se cumprirmos à risca estes ditames, tudo voltará a ser como dantes, tudo voltará ao que era."» Olhou para o tecto. Traçou com o pincel, junto à orla da mancha, uma linha recta, milimetricamente recta, depois outra, num ângulo agudo com a anterior. Quando desceu do escadote e o dobrou, a mancha marmoreada permanecia no tecto, mas assemelhava-se agora ao mapa de um daqueles países africanos ou do Médio Oriente cujas fronteiras, sinuosas em certos lugares, acompanhando o curso dos rios e a cumeeira das montanhas, foram, noutros pontos, traçadas a régua e esquadro, ao sabor dos paralelos e meridianos escolhidos à mesa por negociadores europeus. Abriu a porta de casa, desceu em silêncio a escada do prédio, levando na mão a paleta e o pincel, saiu à rua, pintou de branco, apagando-as, as três letras da palavra «Não» que, naquela tarde, traçara com o marcador na fronha-mensagem dos vizinhos. Deixá-los viver na ilusão de que vai ficar tudo bem. Um olhar mais atento decifraria facilmente no tecido o «Não» dela, escrito e depois apagado. Mas, quanto a isso, nada podia fazer.

Deitada na cama, prestes a adormecer, ouviu ao longe, algures no prédio, ou talvez em sonhos, uma voz masculina que, acompanhada ao piano, cantava versos de Cesariny:

Em todas as ruas te encontro
em todas as ruas te perco.

V

Chegaram à Costa da Caparica sem percalços. Jorge morava numa praceta de prédios altos, dispostos em meia-lua à volta de um parque de estacionamento.

— Vais falar assim com o teu tio? — perguntou Álvaro a Carlos, apontando para a máscara cirúrgica com a boca à Rolling Stones que este trazia no rosto.

— E porque não? — ripostou Carlos, com ar desenvolto. Ou antes, com voz desenvolta, porque Álvaro não lhe via o rosto. — O meu tio, fica sabendo, grama imenso o Mick Jagger. Vais ver que ainda se ri.

E, pegando no telemóvel, marcou o número.

— Estou, tio? Já chegámos, venha à varanda.

Jorge apareceu à varanda do primeiro andar e ali se debruçou, de braços no parapeito, um cigarro aceso entalado nos dedos. Falou na sua voz rouca, arranhada, em carne viva. De vez em quando, recuava e tossia violentamente, como alguém que se engasgou e está prestes a sufocar. Ao emergir destes acessos de tosse, parecia exausto e exangue, como se viesse à tona depois de lhe mergulharem a cabeça à força num tanque. Cumprimentou o sobrinho, perguntou pela família, saudou Álvaro.

— Então, o que é que vos traz por cá nesta altura tão complicada?

Carlos começou por se oferecer para ir ao supermercado ou à farmácia fazer as compras de que o tio precisasse, sugestão esta que Jorge recusou com um «eh, pá, agradeço-te do fundo do coração, mas não preciso de nada». Carlos disse-lhe então:

— Tio, conte-nos coisas da guerra de África. Sempre lhe quis perguntar e nunca tive oportunidade. Aqui o Álvaro também está muito interessado.

Jorge endireitou-se, soprou uma fumaça enérgica, como o repuxo impaciente de um cetáceo:

— Querem saber da Guiné? Ah, isso tem muito que contar... ficávamos aqui a tarde toda.

— Nós temos tempo — acudiu Álvaro, puxando a máscara para baixo, para se fazer ouvir melhor. Reparou que, nas janelas e varandas da praceta, chamados pelos estampidos da voz de catarro de Jorge, começavam a assomar rostos.

Sónia tinha um irmão, doze anos mais velho, chamado Augusto. Já se emancipara, morava num apartamento alugado com jovens advogados como ele. Era obcecado por dinheiro. Ou antes, vivia obcecado com a ideia de ficar sem dinheiro, de empobrecer. Melhor ainda: afligia-se com a ideia de, quando os pais morressem, a herança ter sido delapidada, as contas bancárias esvaziadas, o apartamento hipotecado ou vendido. Os pais de Sónia não eram propriamente ricos, tinham poupanças sólidas, algum dinheiro nas contas à ordem, o apartamento, o automóvel. Augusto passava a vida a falar dos «chulos», dos «aproveitadores», dos «oportunistas». Era isto que mais lhe tirava o sono, afinal, a ideia de o dinheiro dos pais passar, num abrir e fechar de olhos, para as mãos de gente sem méritos, obscura, de passado duvidoso e hábitos bizarros. Ainda na faculdade, ganhara o hábito de dar sugestões de toda a ordem aos pais em matéria de despesas domésticas. As meras sugestões tinham-se convertido em conselhos benévolos, depois em recomendações insistentes, e agora quase todas as compras importantes feitas naquela casa, onde Augusto já nem sequer morava, passavam pelo crivo dele: pequenos e grandes electrodomésticos, material informático, férias, telemóveis, seguros. Dizia-se perito em relações qualidade-preço, em investimentos de curto, médio e longo prazo, em manigâncias fiscais.

Nos sentimentos que ele nutria pela irmã mesclavam-se um certo instinto protector e laivos de superioridade moral. No fundo, porém, dava impressão de que não se sentia, nem nunca se havia sentido verdadeiramente, irmão dela. As diferenças entre ambos, a começar pelo fosso etário, eram demasiado acentuadas. Nunca haviam partilhado muita coisa, nem segredos nem brincadeiras. Também Sónia dava por si a perguntar-se como era possível que ela e Augusto, sendo tão diferentes, fossem filhos dos mesmos pais, tivessem um genoma tão parecido. Várias vezes Augusto fizera, na presença dela, em tom brincalhão, mas cortante, referências a uma qualquer conta-corrente que ele mantinha sempre actualizada, na qual compilava os valores gastos pelos pais com cada um deles, mesadas, propinas universitárias, viagens, computadores, aulas e exames de condução. Aludia a obscuros amigos bancários que lhe deviam favores e que lhe facultavam acesso aos extractos das contas do pai e da mãe, aos valores das transferências e movimentos. Dava a entender que, chegado o momento certo, toda aquela contabilidade, obtida por meios mais ou menos ilegítimos, assente em premissas e critérios questionáveis, seria trazida à luz do dia. Uma vez, Sónia perguntou-lhe, sem se desmanchar, se ele também contabilizara o valor das fraldas descartáveis e das chuchas que cada qual tinha consumido. Ele riu-se, achou imensa piada. Augusto tinha, por vezes, acessos fugazes de sentido de humor. Num jantar de família, um ano antes, levantara objecções ao facto de Sónia ir para Milão fazer o programa Erasmus, dando a entender que ela não «merecia», que ela deveria trabalhar para, ao menos, ajudar na despesa. Quando Sónia lhe disse que não lhe admitia juízos daqueles, ele respondeu: «Não me digas que te ofendeste. Olha que quem se ofende são as sopeiras.» Era este o salvo-conduto a que recorria para dizer as maiores enormidades. Dominava como ninguém a difícil arte de fazer o ofendido sentir-se responsável pela ofensa de que acabava de ser alvo. Pediu desculpa com acinte, e o pedido de desculpas soou como mais uma ofensa atirada à cara de Sónia. Voltando-se para os pais, rematou com o seu comentário sibilino habitual: «Mas eu não tenho nada que ver com isso, vocês é que sabem, o dinheiro é vosso.» Comia pouco, não bebia álcool. Era frugal, quase ascético. Havia nele uma aridez árctica. Naquela noite, como de costume, Carlos ouviu o filho em silêncio, sem discutir. Depois de Augusto sair, disse a Sónia:

— Vais para Milão, eu é que decido, não te preocupes.

E depois, como que a desculpar-se:

— Criámos o teu irmão no tempo das vacas magras, sabes. Éramos muito novos, tínhamos pouco dinheiro. Não foi fácil. Ele é assim, mas gosta muito de ti. As dificuldades endurecem as pessoas, mas também as aproximam.

Sónia lembrava-se de ter pensado, ao olhar para o pai, que se esforçava por sorrir: «O Augusto não gosta de mim nem de ti. Talvez goste da mãe, à sua maneira doentia. O sofrimento, mesmo que seja só mental, não enobrece ninguém. O sofrimento torna-nos piores.» Não dissera nada ao pai, limitara-se a fazer que sim com a cabeça, para o sossegar. Conhecia bem o impulso natural das pessoas para recusarem todos os pensamentos que as possam magoar. Recordou uma frase de Art Spiegelman: «A vida toma sempre o partido da vida.»

Jorge parecia ávido de contar a sua guerra. Relatou as peripécias do curso de comandos, em Lamego, duríssimo, no pino do Verão. À primeira vista, achava normal que, naquelas circunstâncias excepcionais, os instrutores, emboscados nos cumes, fizessem fogo com munições reais sobre os instruendos quando estes escalavam as encostas da Serra das Meadas. E também achava normal que, à maneira dos peles-vermelhas dos filmes, que cruzam o deserto sem beber uma gota de água aquando das suas provas iniciáticas, os candidatos a comandos saíssem para a serra com dois cantis de água cheios presos ao cinturão e que, à noite, no quartel, fossem obrigados a esvaziá-los, intactos, aos pés dos instrutores. «É por isso que eu, ainda hoje, não bebo água», disse, com toda a naturalidade. E depois, em catadupa, sem ordem cronológica aparente, pontuadas por violentos acessos de tosse, que assinalavam reviravoltas e guinadas no relato, vieram as histórias da guerra propriamente dita, de 1971 a 1973. Contou uma operação nocturna em que levaram dois prisioneiros para lhes indicar uma base do PAIGC.

— Amarrei uma corda ao pescoço de cada um deles e prendi a outra ponta da corda ao cinturão de dois dos meus homens. Senão, eles desatavam a correr e em três pinotes metiam-se no mato e nunca mais os víamos.

O trilho bifurcou. O prisioneiro que ia à cabeça da coluna, um tipo muito gordo, disse que era para a esquerda, o outro, a medo, num gesto a pedir desculpa, apontou para a direita.

— Eu disse ao furriel Coelho, que trazia a corda do gordo atada ao cinturão: «Vamos os dois com este gajo para a esquerda, os outros esperam aqui. Mas atenção, olho vivo.» E ele para mim: «Não se preocupe, meu alferes, que eu já vou preparado.» Avançámos uns trezentos metros e às tantas vimos à nossa frente um campo de algodão. O gordo atirou-se para o chão e não se mexeu mais. Percebemos depois que havia ali um campo de minas. Era essa a fisgada dele. O Coelho disse para o gajo: «Ai é, não te mexes?» Desatou a dar-lhe pontapés no corpo todo, na cabeça. O gajo levantou-se logo, foi à nossa frente, a levar porrada do Coelho o caminho todo de regresso, até à bifurcação. Chegou lá lavado em sangue. O Coelho tinha cravado três pregos enormes na biqueira da bota.

Nas janelas e varandas, onde se viam agora dezenas de pessoas, havia quem se voltasse para dentro de casa e chamasse, com gestos frenéticos dos braços, convocando outros para assistirem. Havia quem filmasse com os telemóveis. A praceta tinha boa acústica, o prédio de Jorge ocupava uma posição central. Ele parecia nem reparar na agitação que se levantara à sua volta.

Augusto tinha com os pais uma relação de chantagem permanente. «E se a mãe ou o pai adoecem? Como vai ser? Temos de contar com isso...», eis o seu estribilho, desde que Sónia se lembrava. Dava sempre a entender que, se eles não seguissem os conselhos dele, os deixaria entregues à sua sorte. Tratava-os como atrasados mentais. Dizia muitas vezes a Sónia: «Os pais não sabem nada de nada.» O seu trabalho de advogado fornecia-lhe um manancial de histórias, condimentadas com pormenores credíveis, de gente que «não se sabia defender», que «se deixava levar». A pandemia constituiu, para ele, um mero pretexto para carregar nas tintas, para apertar o cerco. Sónia sabia que ele não tinha medo nenhum da doença, mas esta pôs-lhe nas mãos uma arma de destruição maciça para coagir os pais. A libertação dos presos das cadeias sobrelotadas, logo para começar, forneceu a Augusto matéria de sobra para telefonemas alarmados, infindáveis avisos aos pais sobre os novos ardis dos larápios para assaltarem residências. Se já antes não se podia confiar em ninguém, agora, então, todos os desconhecidos que lhes batiam à porta, além de potenciais portadores do vírus, tinham passado a ser, igualmente, potenciais criminosos.

Álvaro começou a sentir-se incomodado com os mirones às janelas da praceta, com a atmosfera de festa popular que ali reinava agora. Como José Gil, que citava abundantemente aos seus alunos, achava que, em Portugal, não se fizera o luto do passado autoritário e das suas feridas, e que essa ausência de luto nos condenava a um jogo incessante de sombras, de espectros. Mas aquilo que estava a acontecer na praceta, a maneira como os vizinhos acolhiam aquele relato da guerra colonial na primeira pessoa, não era, pareceu-lhe, um luto. O luto exige recolhimento, exige silêncio. O luto nunca é festivo. Os mirones às janelas pareciam estranhamente febris, agitavam-se, comiam sandes, bebiam sumos, nem por um momento paravam de filmar com os telemóveis. Ao mais pequeno pretexto, estalavam chuvas de gargalhadas, mesmo quando Jorge contava peripécias que pouco tinham de divertido. Pareciam os espectadores na plateia de certos filmes, que se riem histericamente à mais leve sugestão de humor. Álvaro pensou: «Isto parece uma feira. É preciso chocar esta gente, abaná-la. É preciso fazê-la tapar os ouvidos de horror.» Perguntou a Jorge:

— Então e mulheres? Como é que aquilo era de mulheres, lá pela Guiné?

Sem se fazer rogado, como se estivesse sozinho com eles e não houvesse ninguém por perto, Jorge pôs-se a explicar:

— Eu, quando lá cheguei, fui para Teixeira Pinto. Passado um mês ou dois, já conhecia bem aquilo, era uma cidade grande. Havia o aldeamento lá em baixo, um quilómetro fora do quartel. A etnia eram os manjacos, uns cabrões. Eram uma malta desgraçada. Eram gajos que não queriam trabalho. Só viviam da prostituição das mulheres. Das mulheres e das filhas. Recordo a primeira vez que fui lá, à tabanca, eu e o furriel Coelho. «Vamos lá engatar duas gajas.» Andámos lá à procura delas. E lá nos foram apresentadas duas gajas, e o preço era consoante o estatuto. Capitão era tanto, 120 pesos, alferes era 100 pesos, furriel era 50, soldado era 20. Pesos era o escudo dos gajos. Tenho algumas histórias engraçadas. Nunca me dei com putas, atenção. Ainda hoje. Nunca me dei com putas.

Pelo canto do olho, Álvaro avaliou a reacção das pessoas nas janelas a esta palavra forte. Houve um momento de silêncio absoluto, depois uma gargalhada atroadora. Jorge prosseguiu, indiferente:

— Um dia, lá fui eu e o furriel Coelho, engatámos duas gajas na tabanca, e o corno cá fora, a apanhar ar. E digo eu para o Coelho: «Eu trago esta gaja para aqui, tu levas essa para aí.» Era uma palhota. Às tantas, estávamos lá os dois, sai-me um corno dum porco de baixo da cama. E eu: «Caralho!» Sim, um porco verdadeiro debaixo da cama. Aquilo foi uma guerra dos diabos. Levou tantas nos cornos, aquela preta. Então mas eu venho para aqui, porra, para dar uma trancada ou duas e sai-me um porco de baixo da cama? E o Coelho: «Ó meu alferes, o que é que está a fazer?» E eu: «Esta puta anda aqui com os porcos debaixo da cama!» Passado um mês, um mês e meio, você queria lá saber que houvesse meia dúzia de porcos debaixo da cama! Passava-lhe tudo ao lado. Mas havia gajas lindas, havia gajas lindas. Havia gajas espectaculares.

Nas janelas, homens e mulheres faziam que sim com a cabeça, como se tivessem ouvido uma verdade insofismável, intemporal.

Augusto gostava de contar as peripécias de um programa de voluntariado em Inglaterra, no jardim zoológico de Bristol, em que participara com dezasseis anos, num mês de Agosto. Fora numa outra vida, dir-se-ia, num tempo em que ele ainda não calculava ao milímetro todos os passos. Com efeito, para um futuro advogado, e já então ele sabia que ia ser advogado, incluir no currículo um estágio de Verão num jardim zoológico seria inútil, ou até mesmo ridículo. Para alguém que não suportava o desperdício de tempo e de dinheiro, aquele voluntariado fora o seu derradeiro tributo pago ao desperdício e à leviandade, a sua despedida da juventude, antes de se tornar definitivamente um velho com corpo de jovem. Fora o seu último deve sem haver, o seu último ponto sem nó. E ele gostava de o revisitar, precisamente como um velho a recordar a sua juventude perdida. Nesses momentos, tornava-se divertido, havia nele uma certa candura. Sónia achava-o então suportável, quase simpático. As histórias que ela preferia eram as do recinto dos lémures. Augusto contava:

— A rede à volta dos lémures nem se via, o recinto tinha montes de plantas, árvores altíssimas, uma coisa como deve ser, o chão era um relvado sempre verdinho. Tínhamos lá lémures-de-cauda-anelada, daqueles com uma cauda enorme, muito vistosa, às riscas.

Os lémures não são lá muito inteligentes, estão um degrau abaixo dos macacos. Não têm o polegar oponível como nós, têm os dedos todos uns ao lado dos outros, não conseguem descascar a fruta e as bagas, metem tudo na boca e depois cospem o que não lhes interessa, cospem-se todos, é um bocado nojento. Cagam constantemente, eu ia para casa todo cagado, comecei a não achar muita graça. O meu trabalho era dizer às pessoas para não tocarem nos lémures e para não levarem comida para dentro do recinto. Mas as pessoas esqueciam-se sempre, principalmente as que tinham miúdos, era fatal. Havia sempre bebés com bananas na mão em carrinhos de bebé. Os lémures nisso são inteligentes, sempre que viam um carrinho de bebé atiravam-se lá para cima, ficavam histéricos, metiam-se logo lá dentro, já sabiam que nos carrinhos de bebé havia sempre comida. Outra coisa que eu tinha de fazer era estar atento ao que as pessoas diziam, porque muitas delas viam os lémures de perto e punham-se logo assim: «Ai, que giro, que fofinho, gostava tanto de ter um lá em casa...» E eu então tinha de ser pedagógico, tinha de dizer: «Não, nem pense nisso, eles cospem a comida toda, cagam por todo o lado, cheiram muito mal.» As pessoas também levavam com merda em cima, mas eu ficava lá uma manhã inteira de cada vez, levava com muito mais porcaria, sem comparação. O pessoal da limpeza vinha lavar aquilo todos os dias, para ficar tudo impecável. Ao fim de uma semana, falei com o responsável e disse-lhe: «Já tive a minha conta de lémures. Agora, se quiser, ponha-me no borboletário. Ali é que eu não entro mais.»

Apesar de se rir com gosto, juntamente com o pai e com a mãe, de cada vez que ouvia o irmão contar aquela história, Sónia não conseguia deixar de pensar que ele via naquele recinto dos lémures uma metáfora da sociedade. Talvez tivesse sido ali, até, que ele construíra a sua visão do mundo, dividido em categorias estanques. Um lugar onde havia hordas de indolentes exóticos, pouco argutos, mas rapaces, prontos a apropriar-se daquilo que não lhes era devido.

Onde inúmeras pessoas, iludidas pela aparência sedutora e pelas falinhas mansas destes apaches, se deixavam depenar e estavam até dispostas a adoptá-los, a metê-los em sua casa. E onde ele próprio aprendera, à sua custa, que só havia uma maneira de nos defendermos dessa gente: distância. Sónia percebia que ele identificava os pais com os visitantes apalermados, fascinados pelos bichos. Só não compreendera ainda uma coisa: se ele a tinha também na conta de uma tolinha ou se, ao invés, a considerava uma perigosa salteadora, disposta a tudo para saciar os seus apetites.

Ao fim de três horas, quando o sol já fazia negaças, prestes a esconder-se atrás dos prédios, Jorge, depois de um acesso de tosse que ameaçou silenciá-lo de vez, sacudindo-o dos pés à cabeça, dobrado em dois, como um forcado velho agarrado à cabeça de um toiro, disse:

— Vou só contar mais uma história, que se está a fazer tarde.

Ninguém arredara pé das janelas e varandas.

— A Caboiana era uma zona terrível. Aquilo era a doer. Nesse dia, fui com o meu grupo, mais o capitão, que levou o grupo dele, e levámos um gajo, um preto, que dizia saber onde era lá o acampamento dos gajos. Nós levávamos sempre esses gajos connosco. Até que, a certa e determinada altura, o preto diz: «O acampamento dos gajos é ali.» Aquilo veio de boca em boca, os homens passaram palavra: «Acampamento», «Acampamento». Fui até à cabeça da coluna. Acampamento o tanas. Só se via mata, não se via acampamento nenhum. Mas depois, quando começámos a meter a cabeça lá para dentro, a afastar os ramos do arvoredo com as mãos, meus amigos, eu nunca na minha vida vi uma coisa tão linda. Aquilo eram mais de cem cubatas. Era uma aldeia que estava ali dentro, escondida naquele valezito. Uma autêntica aldeia, impecável. Asseada, uma coisa limpa, mais limpa do que estas casas onde a gente mora. Foi a coisa mais bonita que eu alguma vez vi. Ainda havia panelas ao lume, fumo. Só que não se via ninguém. Nem vivalma. Era uma aldeia-fantasma. O coronel estava a acompanhar a operação de avioneta, e o capitão disse lá para cima, pelo rádio, que tinha encontrado aquilo. E o outro gajo, lá de cima, mandou queimar. E eu pensei: «Então nós vamos queimar isto? Uma coisa assim?» Até me doeu a alma. Aquilo parecia a aldeia dos meus sonhos, o lugar dos meus sonhos para morar. Mas o gajo mandou pegar fogo, o capitão deu a ordem, e um comando obedece, não faz perguntas. Entrámos na aldeia, deitámos lume aqui e além, aquilo pegou num instante, viemo-nos embora a correr, para não ficarmos encurralados. Quando voltámos ao trilho, já a aldeia era um braseiro enorme. Começámos a ouvir gritos, uma coisa de meter medo. Depois percebemos que aquilo tinha uns grandes túneis por baixo, de umas cubatas para as outras, e que as pessoas, quando nos viram chegar, se esconderam todas lá dentro. Eram as mulheres e as crianças da aldeia, os homens tinham saído para o mato. Para não morrerem sufocadas, as gajas tiveram de sair, mas o fogo apanhou-as. Cá de cima, vimos uns rastos de fogo a nascer do incêndio, como se fossem os raios dum sol. Eram mulheres a arder, a correr pelo meio do mato, uma para cada lado, com os miúdos ao colo, a pegarem fogo a tudo por onde passavam. O desespero delas quando se viram encurraladas foi de tal ordem que tentaram salvar-se assim. Mas é claro que não tinham salvação possível. Aquilo era uma coisa do inferno. Foram caindo, uma aqui, outra além, e aquele sol ficou lá traçado no mato, com uns raios compridos, outros mais curtos, consoante o lugar onde cada uma delas tinha perdido as forças. A gritaria acabou-se, o capitão disse: «Vamos embora», continuámos pelo trilho. Não tardou nem dez minutos e sofremos uma emboscada. Foi nesse dia que morreu o furriel Coelho.

Jorge acenou uma despedida, retirou-se para dentro, quase à pressa, para esconder a comoção. As pessoas às janelas romperam em aplausos, houve quem agitasse bandeiras de Portugal. Meia dúzia de vozes soltas, depois muitas mais, num coro desafinado, começaram a entoar o hino nacional. Álvaro e Carlos entreolharam-se, siderados.

— Não perceberam nada. Não perceberam um corno — soltou Álvaro para o amigo.

— Vamos embora — disse Carlos.

E, quando Álvaro fez menção de se dirigir para a bagageira:

— Não, vens comigo aqui à frente. Para palhaçada, já bastam estes — e fez um gesto largo a indicar as janelas, que as pessoas interpretaram como um adeus exuberante e a que reagiram com gritos de «Obrigado!» por entre os versos do hino. Os dois amigos meteram-se no carro à pressa, arrancaram no momento em que as vozes se esganiçavam: «Às armas, às armas!»

Quando passaram sob o Aqueduto das Águas Livres e planaram ao encontro da Praça de Espanha, Carlos, que, tal como Álvaro, não dissera uma palavra o caminho todo, ligou o rádio. No silêncio da noite, na via rápida deserta, ouviu-se uma voz a cantar:

Daqui, desta Lisboa compassiva,
Nápoles por Suíços habitada...

VI

A pandemia foi, para Irene, um momento de paz. Pela primeira vez na vida, não teve medo. Sempre tivera medo, um medo difuso, nem ela sabia ao certo de quê. Dois anos antes, porém, o medo ganhara forma, condensara-se em volta daquele nódulo de células na sua mama direita. Agora, a pandemia dissolvera o cancro, dissolvera o medo do cancro, fizera o deserto à sua volta. O único medo com direito de cidadania era o medo do vírus, e Irene não tinha medo do vírus. Depois do sobressalto dos primeiros dias, descobriu que a pandemia era um lugar protegido, onde podia dormir descansada.

Era muito desarrumada. Muito desarrumada e muito calada. Sempre fora desarrumada. Sempre fora calada. Dizia às vezes a Carlos: «Devias ter-te casado com uma dessas mulheres que têm a casa sempre num brinco.» E dizia: «Gosto muito do silêncio.» Carlos encolhia os ombros e fazia-lhe uma festa no rosto. Às vezes, porém, impacientava-se quando tropeçava num dos pares de sapatos dela, deixados no meio do quarto. Ou antes, num dos sapatos dela, porque os dois sapatos de cada par nunca andavam juntos, separavam-se sempre um do outro mal se libertavam dos pés dela, como miúdos a jogarem às escondidas, eu fecho os olhos e conto até cinquenta, tu foges e escondes-te por aí.

Irene não conseguia manter as coisas arrumadas. Não tentava, sequer, manter as coisas arrumadas. Havia nela uma rebeldia surda contra as expectativas dos outros, contra a ordem do universo e os seus ditames, bem diferente da rebeldia consciente e afirmativa da filha. Uma rebeldia instintiva, que Irene não chegava a racionalizar, que não se traduzia em palavras nem em pensamentos articulados, mas sim em gestos mágicos de criação ou supressão de parcelas ínfimas do mundo. Quando pousava um objecto, ele deixava de existir. Peças de roupa, livros, o relógio, o telemóvel eram abandonados à sua sorte a qualquer momento numa das divisões da casa. Quando tornava a precisar deles, encetava uma busca paciente, morosa, sem perder a calma. Também este vagar era uma forma de rebelião. Sabia que, no momento certo, acabaria por encontrar o que procurava, num impulso criativo sempre renovado, como um ilusionista que faz surgir objectos em lugares improváveis e depois fita a plateia, falsamente surpreendido. Quanto aos detritos, os pacotes de bolachas vazios, os invólucros dos sabonetes, as etiquetas das roupas novas, acumulavam-se por cima dos móveis, soprados de um lado para o outro pela azáfama dos dias, sem que ela os visse, sequer.

Era professora, como Carlos. Tinham-se conhecido numa escola secundária onde, por mero acaso, ambos haviam dado aulas no mesmo ano. Guardava os materiais da escola num armário com porta de dois batentes, sempre fechado, que se encontrava na sala de jantar. Evitava abri-lo na presença de Carlos ou dos filhos. Lá dentro, os manuais escolares, os cadernos, os *dossiers*, as micas contendo apontamentos acumulavam-se, preenchendo todo o espaço disponível nas três vastas prateleiras, sem que restasse um só centímetro cúbico livre. Mesmo assim, ela arranjava sempre maneira de encaixar mais um livro, mais um DVD. Havia livros enfileirados na vertical, outros empilhados na horizontal, outros, mais pequenos, formando falanges oblíquas. Pequenas caixas colmatavam todos os hiatos. Uma vez aberto, o armário fazia lembrar um daqueles modelos a três dimensões do corpo humano que se usavam outrora para fins pedagógicos, um torso sem membros nem cabeça, assente numa tábua, em cuja cavidade torácica e abdominal se encaixavam os órgãos coloridos de borracha pintada. Havia um desses modelos na escola de Irene, uma relíquia dos alvores do século xx, exposta na sala do núcleo museológico. Uma vez, por desfastio, enquanto esperava que começasse uma reunião, entrou nesta sala, onde nunca estava ninguém. Um por um, retirou todos os órgãos do modelo, soltando-os do emaranhado, e amontoou-os numa grande mesa onde havia aparelhos bizarros munidos de lentes e de ponteiros, espectroscópios e outros que tais, cada qual ladeado por uma pequena cartolina com uma laboriosa explicação sobre a respectiva utilidade e funcionamento. Quando quis reconstituir a anatomia humana, porém, percebeu que não conseguia encaixar os órgãos nos seus lugares. As vísceras trocadas derramaram-se duas vezes pelo chão, obrigando-a a apanhá-las e a recomeçar. Sobrava-lhe sempre um órgão, o pâncreas ou o estômago. Espantou-se de não ser capaz, ficou até um pouco assustada. Temeu que alguém entrasse de repente e lhe pedisse contas. Havia de certeza um método preciso para cumprir aquela tarefa, só ao alcance de um grupo de iniciados, de que ela não fazia parte. Deixou os órgãos amontoados na mesa, ao lado do modelo esventrado, e abandonou a sala pé ante pé. No dia seguinte, quando regressou à escola, foi espreitar no intervalo grande, movida pela curiosidade, e viu que uma mão invisível dispusera metodicamente as vísceras no seu lugar e que o boneco exibia agora no tórax e no ventre uma cascata variegada de órgãos, impecavelmente imbricados como telhas multicores.

Detestava que mexessem no seu armário, que o abrissem, sequer, como se ali guardasse segredos sórdidos ou fórmulas mágicas que, nas mãos erradas, poderiam destruir o mundo. Apercebia-se da mais ligeira mudança na disposição das pilhas tortas de DVD, de manuais escolares. Enervava-se então, coisa tão rara nela, que deixava todos estupefactos. «Não admito que mexam nas minhas coisas!», gritava, esganiçada. Mas logo fazia um ar magoado e serenava.

Recordou a viagem a Paris, dois anos antes, com Carlos e Sónia. Chegara a casa da mamografia de rotina em que o médico lhe dissera: «Isto tem de ser visto», e Carlos anunciara-lhe que acabara de comprar os bilhetes de avião, uma surpresa. Irene mostrou-se feliz, à sua maneira discreta, e nada disse sobre a mamografia. Era um carro blindado com um sorriso friamente maternal.

Carlos tinha medo das grandes cidades desconhecidas. Para se defender delas, para domesticar o mapa, para regrar os dias e horas longe de casa, usava, à laia de bordão, um romance ou um filme, programando uma visita guiada aos locais da ficção literária ou cinematográfica. Irene deixava-se levar. Daquela vez, Carlos anunciou que queria seguir os passos de *O Acossado*, de Godard, um dos seus filmes preferidos. Comprou o DVD, acertaram um serão, viram o filme em família. Ele e Irene reviram-no, Sónia viu-o pela primeira vez. Carlos parou o filme inúmeras vezes, deu explicações pormenorizadas, exasperando Sónia até ela ameaçar sair da sala se ele tocasse mais alguma vez no comando do leitor de DVD. Irene manteve-se em silêncio. Quando Belmondo começou a correr pela rua fora, aos ziguezagues, cambaleante, ferido de morte, ela fincou as unhas no braço do sofá e mordeu o lábio. Aquela cena sempre a perturbara, mas daquela vez teve de cerrar os dentes para não chorar. Era a véspera da biópsia, que ela calara cuidadosamente, como um fugitivo a encobrir o seu rasto. Na cabeça dela, omissão, segredo e mentira eram coisas muito distintas. A consciência não lhe pesava. Estava apenas a defender-se.

Na semana e meia que se seguiu, em contagem decrescente para a partida, assistiu às conversas entre o marido e a filha, em que Carlos ia dando conta dos últimos avanços da sua pesquisa relativa aos locais de rodagem do filme e Sónia pedia mais pormenores e acrescentava outros da sua lavra, porque ela própria encetara a sua investigação. Irene riscava os dias num calendário mental, esperando o resultado da biópsia. Espantava-a que tanto o marido como a filha não fossem capazes de lhe ler os pensamentos e a linguagem corporal. Pela primeira vez na vida, sentiu-se atraiçoada pela confiança cega que eles tinham nela. Percebeu que, aos olhos deles, ela era, à sua maneira discreta e desarrumada, uma pessoa feliz, e essa ideia apavorou-a. Às vezes apetecia-lhe escavacar tudo com um simples telefonema, como Jean Seberg no filme. Mas engolia em seco e continuava calada.

A pandemia foi para Irene um momento de apaziguamento. Estava muito, muito cansada. Acolheu de braços abertos o silêncio das ruas desertas, das lojas fechadas. Sentiu que o mundo regressara a um certo estado primordial de quietude. As aulas *online* agradaram-lhe. Os alunos, que não ligavam as câmaras, para evitar a pirataria e a manipulação das imagens por colegas mal-intencionados, mantinham-se num silêncio obstinado atrás dos ecrãs negros, só falavam quando interpelados directamente, e, mesmo assim, a custo. Vários colegas de Irene disseram-lhe que aquilo lhes era insuportável. O próprio Carlos se exasperava durante as suas aulas à distância, gritava para o ecrã vazio: «Mas ninguém diz nada? Façam barulho, façam qualquer coisa! Portem-se mal, por favor!» Irene disse a toda a gente que gostava das aulas assim. «Gosto muito do silêncio», vincou. O mesmo que costumava dizer ao marido. O que ela não disse a ninguém, porque não teve coragem, nem estava na sua natureza expor-se, foi que sonhava por vezes que a pandemia fora obra sua. Que, em certas noites, deitada na cama, enquanto Carlos dormia, desejava ter sido ela a obreira daquele imenso congelamento à escala global, daquela suspensão das coisas, que lhe permitia recuperar o fôlego, protelar o que antes parecia inevitável. Temia o momento em que a máquina planetária se pusesse de novo em marcha.

Ficaram hospedados num Ibis Budget, em Charenton, nos subúrbios dos subúrbios de Paris, com vista para um nó cego de viadutos, porque assim era mais barato, disse Carlos. Logo de manhã, apanharam um autocarro cheio de negros e magrebinos a caminho do trabalho, gente cansada a olhá-los com o desinteresse de quem há muito exauriu a sua reserva de curiosidade e agora a doseia cuidadosamente, sabendo-a preciosa. Desceram do autocarro ainda no subúrbio e mergulharam no metro, corredores infindáveis forrados de azulejos manchados da humidade, e, ao chegarem ao cais, viram que estava vedado por painéis de acrílico, para impedir o acesso à linha, e Irene disse:

— É por causa dos suicidas. Assim, não se podem matar. Têm de ir para outra estação.

Mudaram de linha várias vezes, saíram nos Campos Elísios, com o cansaço já a rondar Irene. Não se sentiu mergulhada n'*O Acossado*, achou até que nada havia de comum entre aquela avenida ruidosa e cheia de gente, a abarrotar de trânsito, e o cenário a preto-e-branco do filme, com a música e os diálogos. Mas nada disse ao marido nem à filha, para não lhes estragar o prazer. Disse-lhes: «Eu sento-me aqui, nesta esplanada», e ficou a vê-los tirarem fotografias, entrarem e saírem de restaurantes e lojas. Tanto quanto percebeu, procuravam o edifício que, nos anos 50 e 60, albergara o restaurante, agora desaparecido, onde, no filme, Jean Seberg vai jantar com o director do jornal para o qual trabalha, o *New-York-qualquer-coisa*, Irene não se lembrava ao certo. A espera ansiosa pelo resultado da biópsia devorava os minutos e só deixava migalhas, enchia de gatafunhos tudo o que os olhos dela viam. De vez em quando, Carlos ou Sónia acercavam-se da mesa dela, cheios de entusiasmo, e davam-lhe conta do progresso da pesquisa: «O pai acha que o restaurante era no número 114 bis. Chamava-se Quick-Elysées, mas não é aquele ali. Também se chama Quick, mas é uma casa de hambúrgueres horrorosa, não tem nada que ver.» Ou: «A Sónia foi ali perguntar à Massimo Dutti qual é o número da porta deles, porque cá de fora não se percebe. O segurança daquela outra loja ali é fã do Belmondo, mas não gosta d'*O Acossado*, acreditas? Como é possível?» Irene acolhia-os com um sorriso, via-os afastarem-se de novo, atarefados, febris.

— Já pagaste? — disse-lhe Carlos ao ouvido, sobressaltando-a. — Anda daí. Vamos ver a esquina onde o Michel Poiccard assiste ao acidente de carro. É já ali à frente.

De ano a ano, às vezes de dois em dois anos, sem aviso prévio, Irene lançava-se numa grande arrumação. Parecia então tomada de uma fúria cega, aspirando todos os recantos, limpando o pó de todas as superfícies, fazendo pausas somente para fumar cigarros em silêncio. O terramoto durava três ou quatro dias seguidos. Carlos e Sónia fugiam cada qual para seu lado, apavorados, logo pela manhã, inventando ocupações, e só regressavam ao final da tarde. Irene não se importava, não se queixava de falta de ajuda. Nessas ocasiões, Augusto mudava-se lá para casa e auxiliava a mãe. Ambos recriavam a infância de Augusto, o tempo em que ele fora filho único. Irene tornava-se então loquaz, ela e Augusto tinham longas conversas enquanto limpavam a casa. Eram dias de suspensão do tempo, em que o resto do mundo deixava de existir. Dias de tranquilidade absoluta, apesar da prostração, ou talvez graças à prostração, ao cansaço físico. Como os dias da pandemia, afinal, que eram para ela dias de prostração serena depois de uma labuta de dois anos a ocultar a doença. Mais do que liberta do medo, sentia-se agora acompanhada no medo. Todos tinham medo, já não era somente ela.

O armário ficava para o fim. Fazia questão de o arrumar sozinha, enquanto Augusto tratava da cozinha e das casas de banho. Tirava tudo para fora, fazia pilhas no chão, depois «descascava-as», como dizia, sem pressa. Encontrava apontamentos e livros de cuja existência já se esquecera, coisas que lhe tinham feito imensa falta seis meses antes, que procurara até desistir, resignada, e que agora já não lhe serviam para nada. Enchia sacos do lixo com o que queria deitar fora, depois despejava tudo no chão e fazia uma nova triagem. O lixo reduzia-se de três sacos cheios a dois, finalmente a um só. Sabia que, mais tarde, iria lamentar ter-se separado de cada um daqueles objectos. No fim, o armário ficava impecavelmente arrumado, os livros e cadernos alinhados, os papéis e as micas em pilhas serenas, os DVD ordenados alfabeticamente. Fechava o armário, chamava Augusto, dizia-lhe: «Pronto, já está.» Ao cabo de quinze dias, o caos tornava a apoderar-se do conteúdo do armário, sem que ela pudesse ou quisesse fazer fosse o que fosse para o evitar.

Gostava de Augusto de uma maneira especial. Por muito que se esforçasse, não era capaz de gostar de Sónia da mesma maneira. Gostava de Augusto porque achava que Carlos não gostava dele, que Sónia não gostava dele. Havia entre Carlos e Sónia uma comunhão de que ela se sentia amputada, como se eles falassem numa língua estrangeira que ela não dominava. E Augusto, Irene sabia-o, estava também excluído deste laço. O amor dela por Augusto servia para colmatar a falta de amor dos outros. Tinha medo de que ele ficasse sozinho, de que não arranjasse uma companheira para a vida. De cada vez que ele lhe apresentava uma nova namorada, ficava felicíssima, dormia melhor. Quando ele rompia infalivelmente com a namorada, ao cabo de escassos meses, Irene, com precisão também infalível, transformava em defeitos todas as qualidades que antes identificara na rapariga, regozijando-se por vê-la descartada precisamente pelos mesmos motivos que antes a tinham levado a regozijar-se com a escolha do filho. Gostava de Augusto, principalmente, porque ele não lhe exigia nada, não lhe impunha ditames, não tinha em relação a ela expectativa alguma. Ele exigia-lhe apenas que estivesse presente, disponível para o ouvir. Nada mais. Somente a ele confiara, num momento em que estavam sós, pouco antes da partida para Paris: «Estou preocupada, sabes.» E ele fez que sim com a cabeça e atalhou: «Não te aflijas», com o ar despachado e um tudo-nada impaciente de quem quer esquivar-se à explicação morosa do mecânico sobre a avaria no motor do carro e deseja apenas saber quanto custa o conserto.

No final daquele primeiro dia, em Paris, entraram no metro para uma última visita godardiana, antes do regresso ao hotel, para aí jantarem. No cais, à espera, ficaram a conversar, não havia muita gente. Quando a composição chegou, Irene reparou que três raparigas de ar banal cortaram caminho a Carlos, que, num gesto de cortesia, se deixou ficar um pouco para trás, para dar passagem às senhoras. As três raparigas entraram na carruagem e, distraídas a mexer nos telemóveis, estacaram diante da porta, de tal modo que Carlos só por um triz não ficou do lado de fora e se viu obrigado a saltar para o meio das desconhecidas, empurrando-as, mas elas continuaram a mexer nos telemóveis como se nada fosse. Na estação seguinte, as raparigas, sempre de olhos nos telemóveis, por pouco não deixaram as portas fecharem-se, e somente no derradeiro instante, quando já soara o aviso sonoro, é que trocaram um olhar e saíram, como um só corpo. A última das três, ao esgueirar-se para fora da carruagem, deixou cair a carteira. A porta fechou-se com estrondo. Irene viu Carlos debruçar-se e apanhar a carteira, viu Sónia chamar as raparigas, batendo nos vidros, correndo ao longo da carruagem, por entre os passageiros atónitos, gritando em francês: «Atenção! Atenção! Deixaram cair a carteira!», enquanto Carlos agitava a carteira no braço erguido com ar desconsolado de náufrago. As raparigas seguiram caminho, impávidas, de rostos pendidos e telemóveis em riste, como se estes fossem comandos remotos de mísseis teleguiados e elas não se pudessem dar ao luxo de desviar os olhos dos monitores um só momento, sob pena de falharem o alvo e matarem inocentes. Quando o metro tornou a arrancar, Irene adiantou-se ao encontro de Carlos, tirou-lhe a carteira da mão, abriu-a, viu lá dentro a fileira de cartões de crédito nas suas ranhuras, a fresta para as notas clamorosamente vazia, e, voltando-se para o marido com um sorriso triste, disse-lhe:

— Esta carteira é a tua. Quanto dinheiro tinhas aí?

E ele, apalermado, revirando a carteira nas mãos, sem acreditar no que via:

— Porra, e é mesmo. Duzentos euros.

Sónia juntou-se a eles, ofegante, tendo finalmente entendido tudo. Irene olhou para ela e não pôde deixar de pensar, embora tenha conseguido calar a frase antes de os seus lábios a articularem: «Se o Augusto aqui estivesse, nada disto teria acontecido.»

Saíram do metro em Raspail. Carlos telefonou de imediato a Augusto, o que não era nada habitual nele, para lhe contar o sucedido e se sujeitar às suas censuras condescendentes. Ao cabo de longos minutos, estendeu o telemóvel a Irene:

— O Augusto quer falar contigo.

Irene afastou-se alguns passos, de aparelho colado ao ouvido, virando costas ao marido e à filha e curvando-se, como quem se protege de uma ventania.

— Ele está bem — disse. — Não te preocupes.

Devolveu o telemóvel a Carlos, que o guardou no bolso e que, com um grito de «é aqui, é aqui mesmo que ele morre!», se apressou a atirar-se para o chão na passadeira, no cruzamento da Rue Campagne Première com o Boulevard Raspail. Caiu de bruços, amparando a queda com as mãos, depois virou-se de barriga para cima, posando para a fotografia de Sónia, e executou então uma série de esgares silenciosos, numa imitação pouco conseguida de Belmondo moribundo, no final de *O Acossado*. Irene pensou: «Ele quer mostrar-se forte, quer fazer de conta que nada se passou, quer deitar para trás das costas o abalo do furto. Tem medo de estar a ficar velho. Aquelas raparigas são como abutres, só atacam os fracos, os velhos, os aleijados. Ele percebeu que elas o escolheram de imediato, num simples relance, e tem muito medo.»

Percorreram a Rue Campagne Première, Carlos e Sónia sempre atentos aos números das portas. Pareciam procurar o número 11. Deixaram para trás um café-restaurante chamado *À Bout de Souffle*. Foi Irene quem apontou o número 11, um prédio anódino, sem nada de especial.

— Ah, muito bem. Ele sai por esta porta — disse Carlos, imitando os passos e os gestos de Belmondo —, vê chegar o carro do amigo, que estaciona mais ou menos aqui. Conversam, ele afasta-se, o outro atira-lhe a pistola, ele pega-lhe, leva um tiro, e é mais ou menos neste lugar que desata a correr.

E, voltando-se para Sónia:

— Vamos recriar a cena. Vou correr pela rua fora, até à passadeira, tu vens atrás de mim e filmas. Vamos a isso?

E Sónia, sem hesitar:

— Só um momento, deixa-me preparar a máquina.

Irene, convertida em cabide humano, acolheu nos braços todos os objectos supérfluos deles, tudo o que os poderia incomodar durante a corrida, os casacos, a mochila de Sónia, os estojos das máquinas fotográficas, os óculos escuros. Viu-os arrancar, Carlos a correr à frente, a fingir-se trôpego, aos ziguezagues, de mãos nas costas, Sónia na peugada dele, a filmá-lo. A rua era pacata, não passavam carros. As pessoas sentadas na esplanada do café *À Bout de Souffle* olharam-nos com o enfado de quem assiste a uma brincadeira de mau gosto que alguém repete pela enésima vez. Parada diante do número 11, onde se deixara ficar, Irene ouviu tocar o telemóvel. Com as mãos a abarrotar de objectos, teve dificuldade em atender, por pouco não deixou cair o aparelho. Era um número desconhecido. No momento em que, lá longe, entreviu Carlos a estatelar-se de novo na passadeira e Sónia debruçada sobre ele, a filmar o rosto do pai, ouviu uma voz distante, talvez a do médico, a dizer-lhe ao ouvido que a biópsia detectara a presença de um carcinoma invasivo e a marcar-lhe uma consulta para a Clínica da Mama do IPO.

Isto fora dois anos antes. Carlos e Sónia continuavam sem saber que Irene sofria de cancro. Augusto nunca lhe chegara a perguntar o que é que a afligia, e ela também não tomara a iniciativa de tocar de novo no assunto. Estava só com a sua doença. A pandemia fizera-a sentir um pouco menos só, e ela estava-lhe grata por isso.

VII

— Psicopatas! — gritou o homem, debruçado da varanda.

Sónia combinou encontrar-se no Parque Eduardo VII com uma amiga da faculdade, a Isabel, que ia passear a cadela. Isabel, bolseira de investigação, era a pessoa mais desbocada que Sónia conhecia. Uma vez, num jantar com gente importante do meio académico — professores universitários, malta graúda — em que Sónia estivera presente, Isabel, depois de todos contarem histórias selectas e piadas de salão, disse muito alto:

— O meu pai tinha uma tasca em Alfama e, à porta, havia um papagaio que ele trouxe do Ultramar. Cada vez que alguém saía da tasca, o papagaio berrava: «Ó cabrão, já pagaste a conta?»

No mesmo jantar, Sónia ouviu-a dizer, em voz de trovão, que as pessoas se dividem em duas categorias: as que já se puseram de joelhos na casa de banho, a esfregar o sarro da banheira, e as que têm quem lhes faça esse serviço. Sónia pensou: «Ainda há uma terceira categoria: os porcos que não têm quem lhes esfregue a banheira, mas que deixam o sarro acumular.»

A cadela de Isabel era um dogue-qualquer-coisa, um torpedo de músculos e tendões, com cintura de vespa e caixa torácica de culturista. A cabeça, maciça, parecia feita de pedra. Nos olhos, com pupilas de nácar, alternavam a candura palerma de uma criança pouco desenvolvida e a curiosidade feroz de um dinossauro carnívoro.

Isabel dera-lhe o nome de *Tchurra* e tratava-a como um ser incompreendido. Soltou-lhe a trela, e a *Tchurra* lançou-se pelo relvado fora como um míssil teleguiado, derrubou três cães que se lhe atravessaram no caminho e, sem se desviar um milímetro da sua rota, chocou de frente com o maior cão ali presente, virando-o de pantanas, depois caiu-lhe em cima. Isabel e Sónia acudiram, arrastaram a *Tchurra* dali para fora muito a custo, no meio de uma algazarra de latidos e um coro de gritos dos donos apavorados.

— A *Tchurra* é a gorda da turma, não sabe controlar a força quando brinca com os outros meninos. Os pais não gostam nada que ela brinque com os filhos deles, têm medo de que ela se sente em cima da cabeça de algum e o asfixie. Mas ela não faz por mal, não é, *Tchurra*? — disse Isabel, carinhosa, como se falasse com uma giganta bebé.

A cadela parecia agora indiferente, deixando-se conduzir com mansidão, como se um interruptor se lhe tivesse desligado no cérebro. Lá longe, os outros cães, que a arremetida dela desassossegara, davam piruetas, trepavam pelos donos acima, histéricos. Passava gente vestida de cores berrantes e lustrosas, aos pares, aos trios, a correr. As bicicletas sibilavam em enxame. O corrupio de cães pela trela não parava. A *Tchurra* espalmou-se ao comprido na erva, as quatro patas estendidas e o ventre colado ao chão, como um tapete feito da pele de uma fera exótica. Foi então que, vindo da varanda de um dos prédios sobranceiros ao parque, soou o grito indignado:

— Psicopatas!

Sónia não cessava de se espantar com a facilidade com que as pessoas tinham deixado cair certas lutas, certas causas, até ali tão prementes, tão cruciais. Talvez esses desígnios não fossem, afinal, assim tão prioritários. Escassos dias antes de a pandemia começar, um coro indignado divulgava ainda os malefícios do plástico, falava-se em proibir os copos descartáveis, os sacos de plástico nos supermercados. Agora, no clima de paranóia sanitária, tudo isso fora varrido para muito longe. A ninguém parecia importar que, se toda a gente cumprisse à risca os conselhos e determinações das autoridades de saúde, o planeta inteiro ficaria, em escassas semanas, coberto por uma camada de luvas descartáveis de plástico com vários metros de espessura. Sónia passava horas a ver no *YouTube* vídeos de tartarugas e baleias presas em redes de pesca à deriva, exaustas, arrastando na sua esteira bóias ou âncoras de navios. Pescadores ou veraneantes em iates aproximavam-se, cortavam laboriosamente a rede. Os animais debatiam-se, repeliam os seus salvadores, tentavam fugir, apavorados. Assim que o último fio da rede era cortado, apressavam-se a desaparecer no oceano sem deixar rasto. Os vídeos, filmados com telemóveis, às três pancadas, acabavam sempre com gritos de entusiasmo dos salvadores de ocasião, aplausos pelo êxito do resgate. Sónia não conseguia deixar de imaginar aquelas mesmas tartarugas e baleias a morrerem escassos dias depois, com os estômagos atafulhados com quilos e quilos de luvas descartáveis multicores.

Inscreveu-se no *SOS Vizinho*. Era um excelente pretexto para sair mais vezes de casa, para falar com pessoas. O pai não se opôs, era por uma boa causa. A verdade é que, aos poucos, começava a mostrar-se menos rígido, menos draconiano no cumprimento das normas de higiene. Sónia recebeu no telemóvel uma mensagem do coordenador concelhio do *SOS Vizinho* com a lista das compras de um idoso de setenta anos, chamado Manuel Fráguas, que morava na rua dela. Quando se aproximou do prédio, olhando para os números das portas em contagem decrescente, percebeu que fora precisamente ali que, dias antes, vira um velho a ser repreendido pela filha. Tocou à campainha, o trinco estalou, uma voz, brotando do painel de botões, disse-lhe:

— Suba, suba, que eu não tenho medo de vírus nem de pessoas. A menos que a menina tenha.

Sónia aproximou a boca dos furinhos alinhados e respondeu que também não tinha medo de vírus, só de imbecis. A voz no intercomunicador soltou uma risada crepitante. Ela subiu no elevador. Chegou ao patamar, a porta do apartamento estava entreaberta, um gato olhou-a e esgueirou-se para dentro. Ela deu um passo em frente, ficou à espera no limiar, com o saco de compras na mão. Empurrou a porta um pouco a medo.

— Posso entrar? — perguntou.

— Entre! — disse uma voz vinda das entranhas da casa.

Mal cruzou a porta, ela viu na parede, emoldurada, uma grande fotografia a preto-e-branco. Uma imagem ligeiramente desfocada, o instantâneo de um momento sem encenação. Homens sorridentes, com roupas antiquadas, casacos de napa, camisolas de gola alta, a abraçarem-se à luz crua de projectores. Em fundo, o escuro da noite, um muro alto, arvoredo.

— Isso foi quando saí de Caxias — disse uma voz grave nas costas de Sónia, que se voltou, surpreendida. Atrás dela, no corredor, estava o velho do outro dia, o tal a quem a filha dera uma valente descasca.

— Foi no dia 26 de Abril de 74. E aquele — o homem apontou com o dedo para uma das figuras na imagem, um jovem de bigodes e longas patilhas — sou eu. Ou antes — emendou, ao fim de uns segundos —, aquele *fui* eu, porque já quase não me reconheço.

Em *O Aleph*, Borges vê na simples mudança de um cartaz publicitário de cigarros o sinal de que o mundo irá esquecer Beatriz Viterbo, que acaba de morrer, e isso dói-lhe. Na Lisboa primaveril de 2020, pelo contrário, era a permanência dos mesmos cartazes desactualizados, anunciando produtos que já ninguém comprava, automóveis, apartamentos, viagens aéreas, a ferir os olhares, dando a ver o mundo morto que talvez não voltasse mais. Num dia de chuva, as pessoas na fila para a padaria encostaram-se aos edifícios, abrigando-se sob as varandas. Sónia e o pai, mantendo as distâncias em relação à pessoa da frente, deram por si diante da porta de um prédio. Um casal equipado com máscaras, luvas, viseiras, toda a artilharia sanitária, acercou-se, as mãos carregadas de sacos de compras, e a mulher, em voz imperativa e metálica, sem nenhuma inflexão humana, disse-lhes:

— Saiam da frente, por favor.

Sónia imaginou que ela e o pai recriavam, à porta daquele prédio, a *performance Imponderabilia*, de Marina Abramovic e Ulay. Nus, frente a frente, de olhos cravados um no outro, cada qual encostado à sua ombreira, deixariam apenas um estreito hiato, por onde os moradores, quer quisessem entrar quer sair, teriam de passar, roçando-se nos corpos de ambos. «A polícia de Bolonha interrompeu a *performance* da Marina e do Ulay ao fim de hora e meia, dizendo que era obscena», pensou. «Neste clima de loucura colectiva, eu e o pai, se tentássemos uma coisa parecida, nem cinco minutos durávamos aqui. As pessoas nem sequer se dariam ao trabalho de chamar a polícia. Linchavam-nos, sem mais.»

O homem à varanda gritou de novo: «Psicopatas!» Ao ver-lhe os traços finos e as mãos cuidadas, a barbicha aparada, Sónia não pôde deixar de pensar num Iago muito magro que vira certa vez em palco, insinuante e ressentido. Voltando-se para uma mulher de meia-idade, debruçada de uma janela no prédio contíguo, o homem disse muito alto, colocando a voz para se fazer ouvir cá em baixo:

— Nunca vi tanta gente na rua! Nunca! E olhe bem para aquelas panças, D.ª Mabília! Não quero ser injusto, mas é gente que não costuma fazer corrida, nem sequer caminhada! Agora deu-lhes para o exercício!

E, entusiasmado pelo aceno de cabeça aprovador da vizinha, clamou, com a gestualidade cuidada de um ditador de opereta:

— Psicopatas, sim! Não querem saber dos outros, não sentem culpa nem remorsos, não têm noção dos riscos. Não sentem empatia, nem lhes passa pela cabeça que alguém possa morrer por causa deles! Se não são psicopatas, são o quê?

Isabel pôs-se de pé, sacudiu os fundilhos das calças.

— Aquele gajo já vai ver — disse. Avançou com a *Tchurra* pela trela, postou-se debaixo da varanda. — Ouça lá — disse, de cabeça erguida. — É a mim que está a chamar psicopata? — Sónia acompanhara-a, já a antegozar a cena. «Vai haver molho», pensou, deliciada.

O homem, vendo-se interpelado, olhou para baixo, pressuroso. Percebia-se que estava muito satisfeito por alguém ter correspondido ao seu chamamento.

— O que é que a menina quer? — atirou. — Vá mas é para casa, de onde nem devia ter saído.

E depois, a meia-voz, para a vizinha:

— Já viu isto? Que descaramento! Não cumprem as regras e ainda são arrogantes!

A *Tchurra* voltara a estender-se no chão, muito espalmada contra a calçada, a gozar o fresco do empedrado, e lançava para o alto um olhar entre estupefacto e desconfiado, dir-se-ia um viquingue diante de uma catedral.

Álvaro releu a *Guerra das Gálias*, de Júlio César. Como sempre lhe acontecia ao percorrer aquelas páginas, impressionou-o um episódio menor do cerco de Alésia, meia dúzia de linhas, não mais. Por não os poder alimentar, Vercingétorix expulsa da cidade cercada os velhos, as mulheres e as crianças. Estes não-combatentes cruzam a terra-de-ninguém e, chegados aos baluartes romanos, imploram que os aceitem como escravos e que lhes dêem de comer. César, temendo um ardil, recusa recebê-los. E por aqui se fica o general no seu relato. A última frase dele sobre o assunto, naquele seu tom gélido, falando de si próprio na terceira pessoa, é esta: «Mas César mandou pôr sentinelas no baluarte e proibiu que os acolhessem.» Não torna a aludir a estas pessoas, que abandonam para sempre os anais da História e cujo destino desconhecemos. Era o que mais impressionava Álvaro: este vislumbre fugaz de um sofrimento tão grande, seguido de um eclipse total. Fechou o livro e lembrou-se dos sem-abrigo de Lisboa, dos sem-abrigo de todas as cidades da Europa, agora mais do que nunca entregues à sua sorte, a vaguearem para trás e para diante, entre as muralhas da cidade que outrora foi sua e os baluartes das forças de ocupação, a mendigarem comida em vozes cada vez mais sumidas, até se deixarem morrer discretamente. Lembrou-se dos espigões metálicos que vira alinhados poucos dias antes no rebordo de pedra de um prédio novo, para impedir os sem-abrigo de ali se deitarem ou sequer sentarem. Ocorreu-lhe que aqueles espigões se assemelhavam aos ouriços metálicos que se colam nas cornijas dos prédios, para repelir os pombos que ali querem pousar, evitando que eles caguem tudo. E ocorreu-lhe que aqueles espigões se assemelhavam também às puas de ferro cravadas em pequenas estacas que César mandou semear metodicamente, em quadrícula, diante dos seus baluartes, no cerco de Alésia, para repelir os atacantes gauleses, esfacelando-lhes os pés. E lembrou-se de um velho muito sujo a quem dava dinheiro regularmente, sempre que o encontrava perto da sua casa, e que lhe dissera uma vez: «Ando há vinte e oito anos escravizado pelo mundo.»

— Anda, pousa aqui o saco das compras — disse Manuel, caminhando pelo corredor, precedido pelo gato. Sónia seguiu-o, no passo hesitante com que invadimos as casas dos estranhos. Entraram na cozinha.

— Trato-te por tu, pode ser? Chamas-te Sónia, não é? Olha, tens ali o dinheiro das compras, vê lá se está certo — prosseguiu Manuel, apontando para as moedas e notas, metodicamente dispostas sobre a bancada. Tinha olhos grandes e cara de garoto. Era um daqueles homens que, envelhecendo, nunca perdem os traços de rapaz. Parecia um menino caduco. — Vou dizer-te uma coisa. Eu nem precisava desta ajuda, não tenho medo nenhum de ir às compras, antes pelo contrário. A minha filha é que me inscreveu, quase à força. Acabei por lhe dizer que sim, para não me chatear mais com ela. Mas, já que aqui estás, vamos conversar um bocado, se tiveres tempo e paciência para aturar um velho. Tenho saudades de conversar com alguém cara a cara sem me sentir vigiado, culpado. Vá, tira a máscara, para nos vermos um ao outro. Hoje a minha filha não me vem visitar, não há perigo.

Sónia sentou-se à mesa da cozinha, tirou a máscara. Detestava aquele sufoco.

— Estás-me a chamar psicopata, é? — atirou Isabel, deleitando-se com a sua própria indignação. — Dizes que não quero saber dos outros, que me é indiferente o sofrimento que posso causar a terceiros, é isso? Olha que tens andado distraído, amigo. Se queres chamar psicopata a alguém, há muitos candidatos na fila à minha frente. É estranho só agora te indignares.

O homem na varanda esbracejou, soltou monossílabos, fez menção de se esganiçar, mas Isabel, quando se lançava numa das suas catilinárias, era uma autêntica metralhadora pesada. Puxou a culatra atrás e disparou outra vez:

— Queres gente que não quer saber do sofrimento dos outros, para os poderes insultar? Então pega lá. Os chefes das empresas que fabricam e nos vendem telemóveis e todo o género de aparelhos feitos para durarem dois ou três anos, quando podiam fabricar outros que durassem dez ou vinte vezes mais, e que, dessa maneira, rebentam com o planeta inteiro. São psicopatas ou não? Os governantes e decisores que salvaram os bancos e lixaram as pessoas como nós. São psicopatas ou não? Os presidentes de câmara que expulsam os moradores para os subúrbios, dando-lhes cabo da qualidade de vida e da saúde, porque querem transformar Lisboa e o Porto em parques de diversões para turistas e nós só estamos aqui a incomodar. São psicopatas ou não? Os donos das grandes empresas que estão a ganhar fortunas com esta pandemia, mas que continuam a tratar os seus trabalhadores como lixo. São psicopatas ou não?

A janela fechou-se com estrondo. O homem desaparecera, de rosto abrasado de indignação. Começava a formar-se um pequeno ajuntamento.

— Já te foste embora? — gritou Isabel, sabendo que o homem espreitava, acoitado atrás da vidraça. — Olha que eu ainda estava só a começar... A lista é longa.

E, voltando-se para Sónia:

— O papagaio do meu pai também berrava coisas às pessoas que passavam, mas, ao menos, não se armava em intelectual.

Afastaram-se as duas, deixando para trás os mirones, que perguntavam uns aos outros: «Mas o que é que se passou?» ou «Houve discussão, foi?» A *Tchurra* caminhava pela trela e, com os olhos de gelo muito abertos, parecia procurar respostas no rosto da dona.

Sónia passava horas a ver no *YouTube* vídeos de asiáticos atarracados, indonésios ou malaios, a construírem piscinas subterrâneas na floresta tropical. Cada vídeo durava uns vinte minutos ou meia hora, e a imagem era acelerada, para condensar naquele curto segmento a labuta, que durara semanas. Não havia música nem palavras, somente os sons das lâminas incansáveis a percutirem a terra dura. Os homens, sempre de tronco nu, descalços, de calções ou calças, abriam clareiras no arvoredo, escavavam enormes buracos geométricos, esculpiam colunas e nichos, caminhavam por montes e vales em busca de matérias-primas, aplicavam com as mãos a argamassa feita de termiteiras pulverizadas, pintavam as paredes de verde com folhas amassadas, canalizavam a água dos rios, usando colmos de bambu. No fim, invariavelmente, punham-se a chapinhar ou a nadar nas piscinas, à luz de velas metidas nos nichos. De cada vez que acabava de ver uma daquelas sequências, Sónia amaldiçoava o seu tempo perdido em vão. «Mas para que é que eu vi esta merda?», perguntava a si mesma, irritada. Dali a bocado, via outra. Gostava de imaginar a selva a reconquistar aqueles lugares assim que os autores dos vídeos partiam para escavar outra piscina longe dali, a vegetação a esboroar aos poucos as construções, tigres e serpentes a abrigarem-se naquelas grutas artificiais. Seria sinal de que a selva ainda subsistia em manchas suficientemente extensas, ainda suportava aqueles pequenos golpes e conseguia regenerar-se.

Sentados à mesa da cozinha, enquanto o gato se passeava para trás e para diante entre eles, Manuel e Sónia conversaram muito tempo. Há pessoas com quem sentimos uma afinidade imediata, com quem travamos amizades sem preâmbulo nem nota introdutória. Ele disse-lhe que estava a ler novamente *A Divina Comédia*, de Dante. Perguntou-lhe se já lera, ela confessou que não lera tudo, só os primeiros cantos do *Inferno*, o que era uma falha imperdoável, para quem estudara em Itália e aprendera bem o italiano. Ele perguntou-lhe que curso tirara e, quando ela respondeu «pintura», mostrou-se genuinamente interessado. Foi buscar a sua edição de luxo, em grande formato, do *Inferno*, com as gravuras de Gustave Doré. Arredou um pacote de cereais, a lata do açúcar, duas ou três latas de grão, pousou o livro em cima da mesa e abriu as páginas na primeira gravura, aquela em que Dante, «no meio do caminho da nossa vida», olha por cima do ombro, entre árvores gigantescas, fitando-nos com uma expressão em que se misturam a perplexidade e um convite a que o sigamos, mas também o aviso de que, se o fizermos, iremos descobrir coisas que nunca mais esqueceremos. Sónia disse a Manuel que gostava muito de Gustave Doré, que estudara a obra dele na cadeira de Gravura, e ele pediu-lhe que explicasse como é que, em termos técnicos, se faziam gravuras assim. As gravuras de Doré fascinavam-no, porque delas emanava a impressão de objectos formalmente perfeitos, insuperáveis. Dentro do género, nunca mais seria possível fazer melhor. E aquela primeira gravura do *Inferno* era, talvez, a sua preferida. Cada vez que contemplava a página, sentia-se dentro do desenho, a percorrer aquela floresta pelo seu pé, na esteira de Dante.

Sónia percebeu que o pedido dele não era um mero formalismo. Há muitas pessoas que nos fazem perguntas, mas que não querem, genuinamente, ouvir as respostas. Para espanto dela, assim que desfiou a sua explicação, ele pôs-se a tomar notas num caderno. «É para não me esquecer dos pormenores», disse. Ela explicou-lhe que Doré desenhava directamente em matrizes de madeira, matrizes essas que os seus gravadores de confiança depois trabalhavam demoradamente com delicados buris. Expôs as subtilezas da orientação dos veios da madeira e a respectiva importância no processo. Vincou que os gravadores sulcavam na superfície da madeira as partes do desenho que deveriam ficar em branco, deixando em relevo, como minúsculas cornijas recurvas ou planaltos liliputianos, os traços que o punho de Doré ali desenhara, e que a tinta depois banharia aquando da impressão. Tratava-se de um labor complexo, exigindo ao artesão que tivesse constantemente presente o desenho e o seu negativo, um objecto e o seu exacto inverso. Demorou-se a explicar o modo como os gravadores convertiam as sombras, os relevos e os claro-escuros do desenho original em tramas mais ou menos apertadas de entalhes, que o olho humano apreendia depois, no desenho impresso, como gradações de cinzento. Pediu uma lupa a Manuel e apontou-lhe na página estes pormenores.

Sem que eles dessem por isso, passaram-se duas horas. Sónia olhou para o relógio, disse a Manuel que tinha de se ir embora, que os pais a esperavam para jantar, mas que gostara muito de o conhecer. Percorreram o corredor, o gato seguiu-os, a enlear-se nos pés de Sónia, como que a pedir-lhe que ficasse. No limiar, antes de abrir a porta, Manuel disse-lhe:

— Vou contar-te uma coisa. Nunca falei à minha filha sobre Caxias, do que me fizeram lá — fez um gesto vago na direcção da fotografia em que ele próprio, numa outra vida, abraçava um amigo à porta da cadeia. — Ela só sabe que estive preso antes do 25 de Abril, mais nada. Nunca me perguntou nada, também nunca lhe contei.

Fitou Sónia, como que a perceber se podia prosseguir. Deve ter visto um encorajamento nos olhos dela, porque disse:

— Tornei a ver as unhas do bicho agarradas ao pé da mesa. Como há cinquenta anos. Há muito tempo que não as via. Foi preciso esta quarentena para o bicho voltar. E ontem, aqui no corredor, a meio da noite, vim beber água e o bicho saltou-me para as costas e cravou-me as unhas. Atirei-me contra a parede e esfreguei as costas para me livrar dele, como fiz quando me torturaram, ao fim de cinco dias e cinco noites sem dormir. Nunca percebi que género de bicho seria. Via-o agarrado ao pé da mesa, tinha muitas unhas, mas estava sempre do lado contrário ao meu.

Calou-se de repente. Talvez achasse que fora longe de mais.

— Agora chega. Conto-te o resto da próxima vez. Se houver próxima vez. Não te quero maçar, tenho pavor de ser aquele velho que dá secas aos mais novos com as suas histórias.

— Eu prometo que volto, para saber o resto — disse Sónia, sorrindo para ele. E saiu.

Sonhou naquela noite com a gravura de Doré, a primeira gravura do *Inferno*. Sonhou que estava dentro do desenho, que seguia Dante pela escuridão daquela floresta. E que em todos os troncos das árvores surgiam garras que se mexiam, febris, mas os bichos estavam do outro lado dos troncos e ela nunca os conseguia ver.

Álvaro fala ao telefone com o amigo Noël Genteur, o organizador da marcha anual de 16 de Abril, em Craonne, em homenagem aos mortos da infame ofensiva Nivelle de 1917. Noël diz-lhe que está muito triste por, pela primeira vez em muitos, muitos anos, a marcha não se ter realizado. Mas que é preciso continuar a semear. Que é preciso, sobretudo, semear sem pensar na colheita. Que o avô dele lhe dizia: «A seara só se mostra bela uma vez em cada ano. Portanto, se a vemos bela na Primavera, não a veremos bela no Verão, quando chegar o momento da ceifa.» Álvaro despede-se, desliga o telefone e sente-se pequeno, por esta arte do semeador não estar ao seu alcance. Por lhe faltar esta esperança, esta fé. Mas, naquela noite, também ele tem um sonho.

Sonha com os não-combatentes de Alésia, expulsos da cidade por Vercingétorix. Sonha que um deles, um só, sobrevive ao cerco na terra-de-ninguém. É uma mulher, ainda jovem. Esconde-se semanas a fio entre os cadáveres dos velhos, das crianças, das outras mulheres. Alimenta-se de raízes, de ervas, de um ou outro bocado de pão que lhe atiram do alto das muralhas. Assiste de longe, enroscada no chão, aos combates ferozes, às cargas de cavalaria. Ouve os clamores, vê as línguas de fogo. Uma bátega dá-lhe de beber. A batalha chega ao fim, os romanos vitoriosos apressam-se a derrubar os muros de Alésia e a incendiar os seus próprios baluartes. A mulher vê-os partir, seguidos por uma longa serpente de cativos acorrentados. Quando o silêncio desce sobre a terra e a noite cai, ela ergue-se do chão e afasta-se no escuro, trôpega, a delirar de fome. Acolhem-na numa aldeola, dão-lhe de comer. Vive doravante em liberdade.

VIII

Foi a Cláudia que Irene pediu ajuda quando lhe disseram que ia ser operada à mama. Não queria que ninguém soubesse, mas teve de se resignar a partilhar o segredo com alguém. Escolheu Cláudia. Não eram grandes amigas, mas os maridos eram-no, o que facilitava. E, mesmo sem serem íntimas, confiava nela. Nas conversas entre ambas, Cláudia respeitara o silêncio de Irene, não a obrigara a falar, não lhe arrancara palavras, e ela própria não falara muito. Irene confiava nas pessoas que não temiam o silêncio.

Detestava que soubessem sobre ela coisas que ela própria desconhecia, que lhe apontassem para o rosto, dizendo-lhe: «Tens uma migalha no canto da boca» ou «Tens uma pestana presa na cara, deixa-me tirar-ta». Dos outros esperava, principalmente, que a deixassem só. Sempre que podia, antecipava-se aos reparos alheios. Antes sequer que alguém desse pelo defeito, dizia, apontando para o tecido da camisa: «Tenho aqui uma nódoa que não sai, mas já me estou nas tintas.» Ao pôr a comida na mesa, avisava: «Isto é uma receita nova, nunca tinha experimentado, vamos lá ver se ficou bom, não prometo nada.» Apavoravam-na as expectativas elevadas dos outros. Na maior parte das refeições, começava por fazer em voz alta o rol completo dos defeitos: «O arroz ficou salgado, a salada não ficou bem temperada, porque não há vinagre em casa e não tive tempo de ir comprar.» Não dava oportunidade a que a criticassem, matava à nascença as críticas dos outros, lançando críticas preventivas da sua própria lavra, como quem ataca antes de ser atacado. Não gostava que lhe fizessem elogios. Ou antes, gostava de elogios, mas, assim que alguém a elogiava, um estranho fenómeno ocorria. Quando percebia que a iam elogiar, o coração desatava a bater-lhe muito depressa e invadia-a um prazer vertiginoso, embriagante. Porém, antes mesmo de saborear esse prazer, sentia já a frustração de o ver chegar ao fim, de se ver privada dele. Sabia perfeitamente que não seria capaz de se instalar de armas e bagagens nos elogios dos outros. E depois, assim que o elogio era verbalizado, assim que as palavras de louvor saíam da boca de alguém, fosse lá de quem fosse, e formavam frases coerentes, «A comida estava muito boa, cozinhas muito bem» ou «Estás muito bonita com esse vestido» ou «A Irene é uma colega estimada por todos, cujo trabalho muito apreciamos», nesse preciso momento acontecia uma coisa intrigante: o elogio ganhava vida própria e dissociava-se dela, deixava de lhe ser dirigido. Podia prolongar-se, podia durar duas ou três frases, mas já não era nada com ela. As pessoas, aliás, reparavam logo na frieza que se lhe apoderava do rosto e, constrangidas, não tardavam a calar-se. Irene ouvia-as impávida, sem ponta de emoção. Nunca sabia como agradecer. Aquilo, no fundo, não lhe dizia respeito. Anunciar o cancro de que sofria teria sido como deixar que alguém abrisse de par em par as portas do seu armário e contemplasse a desarrumação que ali reinava. Havia agora no armário um pequeno objecto venenoso encaixado no meio dos outros, capaz de os liquefazer a todos, de os destruir, capaz de arrombar as portas a partir de dentro, capaz de fazer desabar a cascata de órgãos no modelo pedagógico a três dimensões, capaz de perturbar o equilíbrio delicado em que tudo assentava. Não se podia dar ao luxo de contar ao marido, aos filhos, a toda a gente. Se, mesmo em circunstâncias normais, os elogios alheios haviam sido para ela momentos complexos, misto de prazer amargo e frustração, imaginá-los doravante revestidos de um verniz de piedade era-lhe insuportável.

Álvaro começou a achar que a pandemia era, em bom rigor, o corolário lógico da sociedade em que vivemos. Que nada havia naquele fenómeno de inesperado ou de catastrófico. Tratava-se, somente, do desabrochar inevitável de tendências havia muito em gestação. Demorara algum tempo a entender isto. Nas suas conversas com Carlos, este não parava de lhe dizer que o capitalismo selvagem nada tinha a ganhar com a quarentena, com o confinamento. E aludia sempre aos excessos de Trump e de outros representantes do neoliberalismo mais troglodita para sugerir que a pandemia poderia até trazer a tão ansiada transformação da nossa sociedade, tornando-a finalmente mais humana, mais justa. No fundo, o raciocínio de Carlos era: se Trump negava os perigos da pandemia e recusava o confinamento, é porque ao capitalismo da terra queimada desagradava tudo o que travasse a vertigem suicidária do consumismo desregrado e predatório. A pandemia, segundo Carlos, servira para que as máscaras caíssem definitivamente, passe o trocadilho, para que as pessoas entendessem de uma vez por todas quem é que se preocupava com os outros e quem é que se estava nas tintas para o resto da Humanidade, e o abalo nas consciências não deixaria de exercer os seus efeitos benéficos. A pandemia eram os óculos especiais do filme *Eles vivem!*, de Carpenter, que permitem às pessoas acordar, ver a iniquidade que as rodeia e lutar contra ela. Um dia, no entanto, depois de mais uma conversa telefónica com Carlos, Álvaro deu por si a pensar que o bem que hoje mais circula no mundo são as imagens, consumidas com uma voracidade desenfreada, a um ritmo tal que se dissociaram da palavra, perderam o valor enquanto entidades com existência própria e passaram a só fazer sentido enquanto parte de um fluxo ininterrupto, imagens necessariamente geradoras de notícias falsas, inverificáveis, imagens sem passado nem futuro, cuja única função é serem o motor das indignações inflamadas, das denúncias em cachão e dos medos atávicos que formam a espinha dorsal das redes sociais. Este consumismo, que é o consumismo que verdadeiramente conta, aumentou exponencialmente com o confinamento. Todas as restantes facetas do consumismo são agora, e talvez sempre tenham sido, subsidiárias deste. O único travão ao consumo desenfreado e a toda a lógica que lhe subjaz seria, mais do que interromper a circulação maciça das pessoas ou das mercadorias, interromper o fluxo maciço das imagens efémeras. E isso era coisa que ninguém queria.

Por sorte, só havia lá em casa uma chave da caixa do correio, que Irene trazia no seu porta-chaves. Em tempos houvera uma outra, que se perdera. Uma vez por dia, ao entrar no prédio, ela abria a caixa do correio, tirava as cartas do interior, depois pousava-as na bancada da cozinha quando entrava em casa. Quase tudo publicidade, cupões de desconto nos supermercados. Nem Carlos nem Sónia se interessavam. Ao abrir a caixa, sempre que Carlos ou Sónia estavam com ela, Irene, com gestos de ilusionista experimentado, passou a subtrair do maço as cartas do IPO. O importante era não alterar os seus hábitos, para não chamar as atenções. Nos filmes, os ladrões que roubam uma fortuna acabam sempre por ser apanhados, porque cedem à tentação de mudar de vida. Compram automóveis, fazem férias luxuosas, passam a vestir roupa fina. Por muito que se tentasse convencer do contrário, ela pressentia que, ao sonegar ao marido e aos filhos a parte mais importante da sua vida, agia como uma ladra. Se alterasse os seus hábitos, seria apanhada. Resistiu à tentação de só abrir a caixa do correio quando estivesse sozinha. Mais cedo ou mais tarde, Carlos ou Sónia iriam reparar. Desenvolveu um jogo de mãos digno de um carteirista veterano. Mas o mais importante de tudo era manter-se impassível, não deixar que a expressão do rosto se alterasse. A mais leve torção do lábio, o mais ligeiro tremor do canto da boca poderia traí-la. Contemplou longamente a sigla do IPO num dos envelopes, o caranguejo estilizado com a cruz no dorso, para se familiarizar com o desenho, para não arregalar os olhos ao vê-lo de relance, para o banalizar, para que absolutamente nada na sua fisionomia se alterasse ao vê-lo. Em certos documentos havia a sigla mais antiga do Instituto, o caranguejo realista empalado na espada em forma de cruz. Remirou também este desenho durante longos minutos, de noite, fechada na casa de banho, de olhos cravados no canto superior esquerdo de um dos relatórios médicos, impresso em papel timbrado do IPO. Disse a si própria até disso se convencer: «É a sigla de um restaurante, de uma marisqueira. Não me mete medo.»

Álvaro ficava incomodado ao ouvir certas pessoas cantarem loas ao teletrabalho. Um colega disse-lhe que, graças ao trabalho à distância, tinha aprendido a utilizar novas ferramentas informáticas, cuja existência desconhecia até então. Disse: «É sempre bom dominar as novas tecnologias.» Álvaro retrucou: «Não, não é.» Outro colega disse-lhe que, naquele novo regime, se «poupava muito tempo» e se «evitavam todas as reuniões inúteis que dantes havia». Que, assim, tinha mais tempo para estar com a família e podia gerir as tarefas a seu bel-prazer. Era como se as pessoas, esgotadas por anos a fio de trabalho incessante e repetitivo, embrutecedor, se agarrassem àquela miragem salvífica, pintando-a com cores risonhas, sem perceberem a ratoeira em que se estavam a meter, a nova escravatura a que se vergavam de bom grado, cujo alcance genuíno só viria à tona dali a vinte ou trinta anos, cujos efeitos perversos iriam fustigá-las, é certo, mas iriam fustigar com força ainda maior os seres que elas mais amavam no mundo: os filhos. Lembravam a Álvaro os índios daquela tribo dominada pelos astecas que, vendo chegar os espanhóis às suas terras, acolheram os forasteiros de braços abertos. Impressionados com as armaduras, as armas de fogo, a aparente imunidade dos brancos aos feitiços, dirigiram-se a Cortés, entregando-se nas suas mãos, suplicando-lhe auxílio contra os seus algozes, queixando-se de que os astecas eram os seres mais perversos do mundo inteiro! Sem o saberem, pensou Álvaro, esses índios condenaram-se a uma servidão atroz, sem comparação possível com tudo o que haviam sofrido até então.

Por sorte, marcaram a operação de Irene para umas férias escolares. Por sorte, Álvaro desafiou Carlos e Irene para fazerem uma viagem a França nessas mesmas férias. Queria, naquele ano de 2018, o centenário do armistício, mostrar-lhes os campos de batalha da Grande Guerra, Verdun, o Chemin des Dames, o Somme. Irene telefonou a Cláudia, concertaram um plano. Cada qual disse ao respectivo marido que preferia fazer umas férias a sós com a amiga, que iriam as duas para uma casa de campo, para «porem a conversa em dia». Disseram que as caminhadas pelos campos de batalha seriam demasiado cansativas para elas. Carlos e Álvaro tentaram convencê-las a acompanhá-los, mas sem grande convicção, e logo desistiram. A ideia de umas férias masculinas não lhes desagradou de todo. Por sorte, nessas férias, Sónia foi com um grupo de amigos para a Costa Vicentina. Por sorte, os homens apanharam o avião para França na manhã da véspera da operação. Irene pôde fazer o jejum de oito horas sem ter de dar justificações a Carlos, pôde preparar-se na quietude da casa deserta. A sorte protege os mentirosos. O seu único receio era que alguma coisa corresse mal, que uma qualquer complicação na cirurgia a obrigasse a abrir o jogo.

Não podia ter escolhido uma melhor aliada para aquela monumental operação de ocultamento. Cláudia encontrava sempre a palavra certa, sabia ler nos olhos de Irene os momentos em que ela precisava de silêncio ou de ficar sozinha. Um auxiliar conduziu-as, juntamente com as outras mulheres que iam ser operadas à mama naquele mesmo dia, mais os respectivos acompanhantes, ao Serviço de Medicina Nuclear, no rés-do-chão do IPO. Esperaram numa salinha acanhada, com cadeiras alinhadas ao longo do rodapé e, na parede, uma enorme fotografia emoldurada de um pico montanhoso escarpado, coberto de neve. Eram nove e meia da manhã. Irene tirou da mala um folheto colorido, estendeu-o a Cláudia.

— Deram-me isto na consulta de preparação da cirurgia. Ainda não li — disse.

Cláudia saiu da sala, levando o folheto na mão, e leu-o de fio a pavio. Continha muitas ilustrações. Descrevia, passo a passo, em linguagem acessível, o procedimento cirúrgico, mais os respectivos preliminares e tudo o que iria seguir-se. Cláudia percebeu que há coisas que não queremos saber, que não suportaríamos saber, mas que precisamos absolutamente que alguém saiba por nós. Tornou a entrar na salinha. Ao sentar-se ao lado de Irene, reparou que a fotografia colossal na parede era um *puzzle* emoldurado de não-sei-quantas-mil peças. Disse a Irene, pegando-lhe na mão:

— Viemos aqui para te marcarem o gânglio sentinela. Não te preocupes.

Ainda pensou em acrescentar: «Pelo que li, é capaz de doer um pouco.» Depois calou-se, achando inútil e até cruel esse pré-aviso de sofrimento.

Irene saiu da sala quando a chamaram. Voltou, passados vinte minutos, e, pela manga à cava do vestido dela, Cláudia viu dois fios brancos a emergirem-lhe da pele, suspensos da curva da mama, junto à axila.

— Injectaram-me um líquido com uma seringa enorme e cravaram-me dois anzóis na carne. Caramba, que isto doeu mesmo — disse Irene num sussurro. Mas o rosto dela não se alterou. Ficaram à espera de que as restantes mulheres fossem sendo chamadas, uma após outra, para depois regressarem em rancho à zona de internamento. Quando estavam todas prontas, o auxiliar assomou à porta e disse: «Queiram acompanhar-me.» Todas se puseram de pé. Olhando uma última vez de relance para o *puzzle* emoldurado, Cláudia reparou que, aqui e além, atrás do vidro anti-reflexo, faltavam peças do quebra-cabeças. Não muitas, meia dúzia, talvez. Na imagem vista de longe, porém, o olho humano encarregava-se de expandir as manchas de cor contíguas para preencher os hiatos cinzentos, disfarçando assim as imperfeições.

Álvaro irritava-se ao perceber que grande parte das pessoas encarava como inelutáveis certos acontecimentos que nada tinham de inelutável, acontecimentos que, antes pelo contrário, resultavam de decisões humanas bem concretas da parte dos governantes e, por maioria de razão, de todos nós, que os elegemos. Ou que resultavam de omissões óbvias e deliberadas, que, para todos os efeitos, têm exactamente o mesmo valor e a mesma importância das decisões conscientes. A expulsão dos moradores do centro de Lisboa, do Porto e de quase todas as outras cidades com valor de mercado para dar lugar ao alojamento maciço de turistas, mais a escalada obscena dos preços das casas eram vistas resignadamente pelas pessoas como tendências quase orgânicas, fluxos tão impossíveis de contrariar como a força da gravidade a puxar a água dos rios para os oceanos do mundo ou as pulsões evolutivas que levaram os peixes a aventurar-se em terra firme ou que fizeram os répteis cobrir-se de pêlos e de penas. Um conhecido disse-lhe: «Se no centro de Londres só moram os milionários e só ficam alojados os turistas, e em Paris é a mesma coisa, porque é que em Lisboa havia de ser diferente?» Álvaro tentou explicar-lhe que não estavam a falar da migração das andorinhas nem da influência da luz no crescimento das plantas. Tudo o que acontecia no mercado da habitação em Lisboa era o resultado directo ou indirecto de decisões políticas bem concretas, cuja cronologia exacta podia ser estabelecida com rigor. Porém, as mesmas pessoas que viam na sinistra evolução da cidade onde moravam um processo darwiniano ou uma imparável reacção química apressaram-se, mal a pandemia começou, a perfilhar todas as teorias mirabolantes sobre a hipotética intervenção humana na respectiva génese. Saltitavam alegremente entre uma panóplia variada de teses descabeladas: um vírus criado em laboratório e disseminado por acidente, um vírus criado em laboratório e disseminado de propósito, um vírus criado pelos chineses e exportado para a Europa e a América, um vírus criado pelos americanos e exportado para a China, toda uma galeria de idiotices dignas dos filmes do 007, pelos quais Álvaro nutria um ódio de estimação, considerando-os uma espécie de roteiro enciclopédico do machismo bronco disfarçado de sofisticação plastificada para labregos. As mesmas pessoas que menosprezavam o papel da mão humana nas questões de fundo que lhes afectavam a vida de todos os dias e que lhes vedavam o acesso à felicidade procuravam sofregamente desencantar a mão humana na génese da pandemia, sob a forma de teorias da conspiração pífias. E o problema era que, como sempre, o acessório ocupava o espaço do essencial, sufocando-o.

Irene saiu do hospital com um dreno na mama, um tubo de plástico a emergir na vertical de um grande penso, como o cano de um algeroz antigo a cuspinhar água da chuva à flor da calçada, mas a sutura sarou bem e retiraram-lhe o dreno antes do regresso de Carlos e de Sónia a casa, antes do recomeço das aulas. A cicatriz não era muito grande, deu para disfarçar. Nunca fora mulher para se passear nua pela casa ou sequer pelo quarto. Sempre fizera questão de apagar a luz quando ela e Carlos faziam amor, e, além do mais, o tempo dos ardores já havia passado. Nos meses seguintes, fez toda a radioterapia sem nunca faltar às aulas, discretamente. Cláudia, sempre que pôde, acompanhou-a. De outras vezes, Irene foi sozinha. Por sorte, não teve vómitos nem se sentiu mal. Depois das sessões de radioterapia, sentava-se numa esplanada, num café a dois passos do IPO, e comia vagarosamente um *duchesse* com garfo e faca, fumando um cigarro. O único problema foram os pontos negros que lhe tatuaram na pele como marcações para dispararem os feixes de raios. Um desses pontos manchou-lhe o peito, em cima do esterno. Mas, como Irene nunca fora mulher de grandes decotes, também deu para disfarçar. As circunstâncias pareciam conjugar-se para ajudar à mentira, para facilitar o logro. Ela temia apenas que o cancro regressasse, que um novo tumor fizesse a sua aparição. Sabia que não seria possível repetir aquela sucessão de acasos felizes, que o seu segredo não resistiria a uma segunda investida das circunstâncias. Foi com agrado que, quando começou o confinamento, viu escoarem-se as semanas sem que lhe telefonassem do IPO a marcarem a consulta de rotina agendada para Junho, sem que nenhuma carta portadora do brasão do caranguejo empalado caísse na caixa do correio. Foi com agrado que percebeu que tão cedo não lhe seria possível fazer a mamografia de rastreio do cancro. A pandemia era um excelente pretexto para protelar a doença maligna, para a dar por encerrada. Tinha comichões persistentes na cicatriz, que coçava discretamente, quando estava só. Besuntava a pele com cremes variados. A pandemia era uma maneira de manter fechadas as portas do armário, de não ver a desarrumação que lá ia dentro. Se não virmos uma coisa, ela não existe, é como se não acontecesse. Em vez de revelar, a pandemia servira para ocultar.

Nos longos dias do confinamento, Irene teve muito tempo para reflectir. Chegou à conclusão de que Carlos, Sónia e até Augusto sabiam certamente que ela sofria de cancro da mama. Não podiam deixar de saber. Vendo-se ao espelho, de vários ângulos, percebeu pela primeira vez, como se um véu fosse removido diante dos seus olhos, que a cicatriz da mama direita formava um fundo vinco na axila e que, de cada vez que mexia o braço, o vinco se desenhava na pele, bem nítido. Deu-se conta de que o seu cancro era uma daquelas coisas incómodas que todos sabemos, mas que não dizemos uns aos outros, que preferimos calar. Carlos, pelo menos, sabia de certeza. Talvez isso explicasse os seus cuidados excessivos no início da pandemia, a sua paranóia sanitária. Ela tinha, pelo menos, muita esperança de que ele soubesse. Era incapaz de lhe contar, de baixar a guarda, mas desejava com todas as forças que ele soubesse. Desejava que a paranóia sanitária de Carlos no início da pandemia, de que ele ainda tinha recaídas esporádicas, fosse uma prova de amor dele. A ser assim, então tudo aquilo valera a pena.

IX

Durante a pandemia, nada melhor do que ler Dante, *O Inferno*, pensou Sónia. Os mortos com quem Dante tanto conversa enquanto vai caminhando em círculos cada vez mais apertados, a tricotar versos, continuam bem vivos. Falam, correm e saltam, têm corpo, sofrem dores, lamentam-se, choram. São como nós, afinal. Pedem a Dante que, quando voltar ao mundo dos vivos, fale deles, os recorde, os não deixe morrer na memória dos homens. Parecem exilados, com saudades de casa. Nós somos mortos diferentes. Sentimo-nos frágeis como bolhas de sabão. Sentimos que, a qualquer momento, vamos rebentar e desaparecer para sempre, sem termos sequer direito às penas do Inferno. Sentimos que ninguém nos virá visitar, nem ao cemitério nem ao outro mundo.

Sónia estava, talvez, apaixonada. Ou antes, estava, talvez, disponível para se apaixonar. O amor é, quase sempre, uma questão de disponibilidade. No átrio da Academia de Belas Artes de Milão, poucos dias antes de a pandemia, com requintes de brincadeira de mau gosto, ter escondido em parte incerta o quotidiano normal, ela afixara um anúncio no painel de cortiça. No meio do mar de papelinhos apressados a dizer «Procura-se quarto» e «Arrenda-se quarto», o anúncio dela, não muito maior do que os outros, destacava-se pela delicadeza, pelas cores. Assemelhava-se a uma pequena iluminura. «Procura-se modelo masculino para pintar retrato.» Saltava à vista que aquele rectângulo de cartão era fruto de longas horas de trabalho criativo. Era uma pequena obra de arte, um original, assinado no verso. Fora feito para atrair uma pessoa diferente das outras, e teve êxito. Lorenzo era, ao que tudo indicava, um rapaz diferente dos outros.

Criou-se uma rotina entre Manuel e Sónia. Ela levava-lhe os sacos de compras do supermercado, meros pretextos para lancharem juntos. Sentavam-se à mesa da cozinha, conversavam. Sobre os livros que iam lendo, sobre a pandemia, sobre as novas facetas que as pessoas iam revelando a cada dia. A meio da conversa, às vezes no final, à despedida, ele contava como fora preso e o que lhe sucedera em Caxias, um breve fragmento de cada vez, não mais. Como se não conseguisse contar tudo de um só fôlego. Assim que ele abordava esse passado, ela remetia-se ao silêncio, limitando-se a ouvir. Percebeu que, naqueles momentos, Manuel lhe pedia apenas isso, o que já era muitíssimo: que o ouvisse com muita atenção.

— Fui encontrar-me com o meu contacto, como sempre, a meio da Rua das Trinas, às nove da manhã. Aquilo a que nós chamávamos o «contacto» era um funcionário clandestino do Partido. Mandou-me fazer uma distribuição de panfletos, passou-mos, guardei-os no bornal. Panfletos sobre o Primeiro de Maio, em formato pequeno, de papel de arroz. E também era preciso colar nas paredes uns autocolantes grandes. Um rolo impresso com dizeres contra a guerra colonial, com cola no verso. Fui fazer o reconhecimento. Nunca tinha posto os pés naquele lugar, e fiquei fulo. Era aquele bairro enorme de vivendas que há entre a Avenida Rio de Janeiro e a Gago Coutinho, um bairro de malta finaça. E eu pensei: «Mas o que é que eu venho para aqui fazer com um bando de putos de dezoito e dezanove anos?» Éramos isso, afinal, putos de dezoito e dezanove anos. Ainda por cima, começo a fazer o reconhecimento e vejo que as ruas daquele bairro são circulares, não sei se conheces. A técnica de distribuição era sempre a mesma: grupos de três, um numa esquina, outro na outra e o terceiro no meio, a distribuir. Mas aquelas ruas são curvas, não têm esquinas. Fiquei lixado, mas tinha de ser. À noite, voltei lá com o resto do grupo. Era eu e duas colegas de Medicina, a Teresa, que era branca, e a Alda, que era negra. Depois vais perceber a importância deste pormenor.

Sónia vira Lorenzo muitas vezes na Academia, embora, de início, não soubesse como é que ele se chamava. Ao que tudo indicava, ele nunca reparara nela. Nunca se tinham falado. Uma vez, no meio dos jovens que subiam a escadaria de pedra, de manhã, ela vira-o de túnica branca, descalço. Da espádua esquerda assomava-lhe uma grande asa de anjo bíblico, com penas de reflexos metálicos. Na espádua direita, o coto de uma asa cortada sangrava abundantemente. O rapaz deixava na sua esteira um rasto de sangue. Ninguém parecia dar por isso. Foi com um misto de estupefacção e alegria que Sónia recebeu no telemóvel uma mensagem dele: «Vi o teu anúncio no painel. Guardei-o como uma relíquia. Aceito posar para ti. Lorenzo.» Sónia reconheceu-o pela foto de perfil do *Whatsapp*. Percebeu que era o mesmo rapaz que tantas vezes vira de longe, sem nunca se atrever a meter conversa com ele. Lembrou-se da asa cortada, do rasto de sangue que os outros pisavam, indiferentes. O nome agradou-lhe também, com os seus laivos renascentistas. Marcaram encontro, mas nunca se chegaram a encontrar, porque a pandemia não deixou. Ele não conhecia a aparência dela. A imagem de Sónia no *Whatsapp* era um retrato de Frida Kahlo.

Ela impôs-lhe uma série de provas propositadamente exigentes, a que, sabia-o bem, ele só aceitaria submeter-se caso estivesse mesmo interessado em descobrir quem ela era. Fê-lo sem perversidade, somente com alguma frieza. O amor, por vezes, implica não perdermos a cabeça. Começou por lhe pedir a morada, dizendo-lhe que não queria comunicar com ele por via digital. Queria que se correspondessem por carta, palavras indeléveis escritas em folhas de papel e metidas em envelopes, a viajarem vagarosamente de um país para o outro, levadas de mão em mão. Um amor duradouro só poderia nascer de palavras duradouras. Escreveu-lhe a primeira carta em português, dizendo-lhe que assim faria doravante. Recusava exprimir-se em italiano, e muito menos em inglês, a língua dos bárbaros que, num mundo perfeito, teriam sido conquistados pelas legiões de Augusto e romanizados. Num mundo perfeito, os Romanos teriam chegado à Escócia e ao lugar onde hoje se ergue Moscovo. Pediu-lhe depois que, desafiando o confinamento e arriscando-se a ser pesadamente multado, saísse de casa em plena quarentena e lhe enviasse polaróides de *graffitis* e poemas colhidos nas paredes esconsas de Milão. Em resposta, ele mandou-lhe a fotografia de um *graffiti* que dizia: «Contra o nada que avança.» E a fotografia de um outro que dizia: «Dá-me um sonho, a realidade mata-me aos poucos.» E mandou-lhe a imagem de um poema manuscrito, colado numa parede:

Os nossos encontros eram longas sessões
De olhares sorridentes
Que só interrompíamos
Para ver as horas
E era tão intensa a paixão entre nós
Que muitas vezes nos dávamos ao luxo
De nem sequer nos beijarmos.

Em nenhum momento ela cedeu à tentação de enviar a Lorenzo uma fotografia sua, de lhe dar a conhecer a sua aparência física, os traços do seu rosto. Isso, decidiu, não importava. Lorenzo teria de se apaixonar por uma ideia, por um sonho. Teria de construir a sua própria Sónia, como quem pinta um retrato imaginário, e apaixonar-se por ela.

— Começámos a meter os panfletos nas caixas do correio, nos portões das vivendas. Também metíamos nos escapes dos carros, um maço deles enrolados em charuto. Quando o carro arrancasse, eram todos cuspidos pelos ares. E colávamos os autocolantes. Puxava-se um bocado do rolo, rasgava-se no intervalo dos dizeres, lambia-se a parte de trás, colava-se na parede, tudo num instante. Ao fim de meia hora daquilo, não podia mais, estava enjoadíssimo por causa do sabor da cola. A certa altura, colei um autocolante no muro de uma vivenda e, naquele momento, a porta da casa abriu-se e saiu de lá um gordo vestido de branco, que veio direito ao portão do jardim. Escondi-me atrás de um carro, depois dei uma assobiadela para alertar as raparigas, elas esconderam-se também, deixámos que o tipo se afastasse. Mudámos de rua, continuámos mais uma hora naquilo, caixas de correio, escapes, a boca a saber horrivelmente a cola. No fim, saímos para a Avenida Rio de Janeiro. Cada um de nós tinha de apanhar um táxi, já não havia metro àquela hora. Seguimos pelo passeio, vimos carros da polícia, uma dúzia de agentes, uma operação *stop*. Não sabíamos se era por nossa causa, alguém podia ter avisado. Já não tínhamos panfletos nenhuns, mas tivemos medo. Não dava para voltar para trás, fosse como fosse. Virei-me para a Alda e disse-lhe: «Não leves a mal, mas tens de fazer de pau-de-cabeleira.» Um branco com uma negra daria nas vistas, e, naquela situação, não podíamos dar nas vistas. Agarrei a Teresa pela cintura, continuámos a andar, dei-lhe um beijo na boca. A verdade é que eu tinha um fraquinho pela Teresa. Ou melhor, uma grande paixão. Tinha-lhe escrito uma carta de amor nas férias de Verão de 1970, quando estava no estrangeiro, mas ela não me respondera nem nunca me falara do assunto. Se antes disso ainda sorria para mim, depois da carta passou a olhar-me sempre com uma certa frieza. Foi um momento muito constrangedor para ambos, mas não havia nada a fazer, era a melhor maneira de nos safarmos do aperto. Ainda por cima, o beijo foi horrível. Foi o pior beijo da minha vida, com sabor a cola, por pouco não cuspi para o chão. E ela atirou-me um olhar de repugnância que nunca mais esqueci, como se me dissesse: «Estás a aproveitar-te da situação, mas daqui não levas nada.» E lá fomos os três, eu agarrado à Teresa, com a Alda a reboque. Estávamos quase a passar pelos polícias, sem ninguém nos dizer nada, quando ouvi um grito atrás de nós: «São estes! São estes! Estes dois e a preta!» Nem deu para correr. Virei-me, já com dois polícias a agarrarem-me os braços, e vi o gordo de branco, com um dos nossos autocolantes numa mão e um molho de panfletos na outra. Foi em 1971, no dia 6 de Abril, às duas da manhã.

Sónia desafiou Manuel para um gesto público arrojado. Um gesto de resistência, de protesto, nem ela sabia ao certo como classificá-lo. Um gesto de desafio, talvez. Explicou-lhe em que consistia, e Manuel aceitou prontamente, mas depois pensou melhor e teve dúvidas. Disse-lhe que temia que corresse mal. Não tanto por si próprio, mais por ela. «Isto pode estragar-te a vida toda», disse-lhe. Sónia tranquilizou-o, embora ela própria tivesse muito medo, um medo que se esforçou por disfarçar o melhor possível. Treinariam os dois, disse-lhe, só executariam o gesto quando se sentissem ambos confiantes. «Faremos o reconhecimento do terreno, para estarmos bem preparados», explicou-lhe, piscando-lhe o olho. Pediu emprestados ao Henrique, que praticava tiro com arco e era atleta federado, o arco e as flechas, e ainda a luva. Quando ele lhe perguntou para quê, ela disse-lhe que era segredo, que a seu tempo lhe diria. De início, ela e Manuel passaram horas a fio a puxar a corda do arco, de luva calçada, sem usarem as flechas, só para se habituarem à resistência do material, para os seus braços e mãos se familiarizarem com a postura. Ao fim de alguns dias, começaram a usar as flechas. Por precaução, Manuel fechava o gato no quarto, não fosse haver um acidente. A corda retesava-se, as pontas do arco dobravam-se com um vago rangido, a flecha deslizava aos poucos entre os dedos da mão esquerda de Sónia, com que ela segurava o arco. Em seguida, era a vez de Manuel. Era importante fazerem do arco e da flecha uma mera extensão dos seus corpos.

— A sala era no Reduto Sul de Caxias. Tinha uma mesa e duas cadeiras, mais nada. E muita luz, sempre. E tinha dois anexos, com as portas sempre abertas, uma casa de banho com chuveiro e um quartinho com uma cama. Uma tentação permanente, para me fazer fraquejar. No primeiro dia não me fizeram nada, só não me deixaram dormir. Os pides iam-se revezando, diziam-me: «Fala, pá, resolve-se o assunto e vais-te embora para casa.» No segundo dia, à noite, entrou um pide chamado Santos Costa, de chicote na mão, e desatou a chicotear-me, aos berros, a chamar-me nomes. As chicotadas doíam, mas os insultos também. Ninguém está habituado a que lhe chamem filho da puta e cabrão, aos gritos, sem poder reagir, sem poder responder à letra. No dia seguinte, de manhã, entrou um pide com ar de sessenta e tal anos, de óculos, baixo, cabelo meio grisalho, dentes saídos, um aspecto repelente. Disse-me que eu devia falar, que era melhor para mim, todo falinhas-mansas. Que eu era uma lesma a lutar contra um tanque de guerra, mais nada. Para quê estragar a vida, um rapaz tão novo, um futuro doutor, para quê? Passadas umas horas entrou outra vez o Santos Costa e desatou a bater-me ao murro e ao pontapé. Quando se cansava, parava um bocado para ganhar fôlego e dizia-me: «Gosto muito de ser polícia e, se tu saíres daqui sem falar, eu demito-me da PIDE. Portanto, só tens uma maneira de sair daqui sem falar, que é num caixão. Quando andares aí de rastos pelo chão, vais ver se não falas.» E depois tornava a bater-me, mais murros e pontapés. Horas nisto, até que se fartou e saiu, sempre a ameaçar-me.

Manuel escondia o arco e as flechas debaixo da cama, dentro do respectivo estojo, para que a filha, nas suas visitas lá a casa, não encontrasse aqueles objectos. Amarravam o arco a uma cadeira da cozinha, sentavam-se noutra cadeira, posta diante da primeira, e revezavam-se a retesar a corda com uma flecha lá enfiada, usando uma só mão, com o outro braço inerte, estendido ao longo do corpo. Cronometravam o tempo que demorava até não aguentarem mais e a flecha partir. Manuel encontrara junto ao ecoponto uma velha tábua de contraplacado, bastante grossa. Trouxe-a para casa. Na visita seguinte, Sónia trouxe consigo as tintas e os pincéis e pintou na tábua um grande alvo colorido. Não resistiu a colar-lhe no meio uma fotografia do Trump. Encostavam a tábua à porta do frigorífico, e a flecha, ao partir, ia cravar-se na madeira com um estalo seco. Arrancavam a flecha, recomeçavam. Às vezes acertavam no Trump, outras não.

— Na noite do quinto dia sem dormir, apareceu o bicho. Andei a noite toda a passear na sala e, de vez em quando, o tal bicho, que nunca cheguei a ver, saltava-me para as costas e cravava-me as unhas, e eu então atirava-me de costas contra a parede para o enxotar e ele fugia, escondendo-se não sei onde. Via as unhas dele, agarradas ao pé da mesa, mas sempre do lado contrário ao meu, e nunca percebi que género de bicho seria. No sexto dia entrou o tal tipo repelente e pôs-se com a conversa mole do costume, a dar-me graxa. E depois disse-me: «Mas, ó doutor, veja lá, se um dia me apanhar nas urgências do hospital, veja lá o que me faz. Não se esqueça de que eu o tratei bem aqui dentro.» Chamei-lhe porco e disse-lhe que, se alguma vez o apanhasse nas urgências, dava cabo dele, metia-lhe veneno nas veias com uma injecção. Depois cuspi-lhe na cara e deitei-lhe as mãos ao pescoço. Abriu-se logo a porta, entraram outros, bateram-me, deixaram-me caído junto a uma ficha eléctrica. Arranquei a tomada da parede e pus-me a conversar com ela.

Sónia pediu a Lorenzo uma nova prova de amor. No mesmo dia e à mesma hora em que ela e Manuel executassem a «acção», como agora designavam o gesto longamente ensaiado, ele deveria, numa rua movimentada, no local preciso de Milão que ela lhe apontou, cumprir à risca as instruções dela. Temendo os atrasos dos correios, teve o cuidado de mandar a carta com um mês e meio de antecedência, registada e com aviso de recepção. Assim, daria tempo a Lorenzo para se preparar. O amor é, às vezes, uma questão de método.

Foi no dia aprazado que Manuel, antes de saírem de casa, completou a sua narrativa, afagando o gato que se lhe aninhara no colo.

Normalmente, nos momentos em que falava daqueles dias tão difíceis da sua vida, ele mostrava-se um tudo-nada tenso, ainda que a iniciativa de contar tivesse partido inteiramente dele e Sónia nunca lhe tivesse feito nenhuma pergunta. Naquele dia, porém, ele parecia descontraído. Talvez a iminência do que iam fazer a seguir o tranquilizasse.

— Vou contar-te como a tortura acabou lá em Caxias. Não te esqueças de que eu tinha arrancado a tomada da parede e conversava com ela. Disse à tomada: «Estes gajos vão pagar-mas todas. Com que então têm medo do que eu lhes faça quando tiver o canudo? Vão ver... se apanho um deles nas urgências ou no hospital, dou cabo dele com requintes de malvadez. Sai de lá estropiado.» Esta ideia deu-me força. Estava tão cansado, tinha tantas dores, que tudo o que me ajudasse era bem-vindo. E aquela promessa de poder absoluto, de desforra, deu-me alento. Mas a tomada eléctrica transformou-se num rosto humano, que me disse: «Se fizeres isso, és como eles. Ou antes, és pior do que eles, porque eles não enganam ninguém.» Mandei calar aquele rosto, mas depois vi que era o rosto da Teresa, ali deitada ao meu lado, que me disse: «O fascismo mete-se em nós, Manuel. O fascismo é este sabor horrível na língua, este beijo enjoativo, cheio de cola, um beijo na boca dado à força numa rapariga, é esta agonia que vem de dentro de nós. Tens de lutar contra os pides e tens de lutar contra o fascista que tens dentro de ti.» E eu disse-lhe: «Não consigo travar duas lutas ao mesmo tempo. Uma luta de cada vez.» E a Teresa afastou-se de mim, e os olhos dela eram os buracos da tomada, e disse-me: «Não. As lutas que adiamos nunca mais se travam. Tem de ser já.» Estiquei o braço para a enlaçar pela cintura e toquei na parte de trás da tomada e levei um esticão, dei um berro e a alucinação desfez-se. E pensei: «As duas lutas ao mesmo tempo, tem de ser. Mesmo que apanhe um pide destes nas urgências, mesmo que seja o Santos Costa, mesmo que seja o tipo dos dentes saídos, não lhes faço mal. Trato-os como se fossem meus irmãos.» E... sabes? Acabou por ser esta ideia que me deu forças para aguentar.

O gato saltou para cima da mesa da cozinha, como se também ele percebesse que a história estava prestes a chegar ao fim. Manuel levantou-se, sacudindo da camisola o pêlo do gato.

— Foi esta ideia que me deu alento: imaginar um daqueles gajos deitado numa maca, a ter um ataque cardíaco, e eu a salvar-lhe a vida, a dar o meu melhor. Cada vez que um deles me batia ou dava uma palmada na mesa para não me deixar dormir, era esta imagem que me vinha à cabeça. No máximo, imaginava-me a espetar-lhe a agulha da seringa com um nadinha mais de força do que o necessário — riu-se, piscou o olho a Sónia. — E foi assim. Aguentei-me, não abri a boca, não assinei nada. Ao fim de nove dias e oito noites consecutivas sem dormir, levaram-me para a cela e deixaram-me dormir. Fui a tribunal, condenaram-me, mas não falei e não me torturaram mais.

Em Milão, Lorenzo saiu de casa à hora marcada. Levava consigo o objecto que Sónia mencionara na carta: a armação metálica de uma mesa de escritório, baixa e comprida, com os respectivos pés, mas sem o tampo de fórmica, que desaparafusara. Chegou à agência bancária, em cujo rebordo de pedra, diante da vidraça, havia espigões metálicos aguçados para impedir os sem-abrigo de ali se deitarem. Pousou a armação naquele lugar, encaixando os pés metálicos nos hiatos entre os espigões.

Quando Manuel e Sónia, prontos a sair de casa, chegaram à porta do apartamento, Manuel deteve-se diante da grande fotografia a preto-e-branco tirada em Caxias, no dia da libertação dos presos, e fitou a sua própria imagem, tão jovem. Sónia trazia a tiracolo o estojo contendo o arco e as flechas.

— Lutar contra o vírus não chega — disse Manuel, voltando-se para ela, já com a mão no trinco. — Temos de travar várias lutas ao mesmo tempo, todas elas de vida ou de morte. E travar uma delas sem travar as outras é inútil e perigoso. Não vale de nada vencer o fascismo e deixar o fascismo a medrar dentro de nós. É um suicídio. Vencer o vírus e deixar a sociedade exactamente igual ao que estava é um suicídio ainda pior.

Subiram a rua, a caminho do metro, e viram um homem dentro de um prédio, no átrio envidraçado, diante dos elevadores, com um cãozito minúsculo ao colo, um chihuahua. O desconhecido mantinha o bicho erguido à altura do ombro, numa postura pouco cómoda, e, com o braço livre, mexia-lhe nas patas com gestos de lavagante laborioso. De relance, Sónia não percebeu o que o homem estaria a fazer. Só três segundos depois entendeu: o fulano estava a desinfectar as patas do animal com toalhetes e álcool.

Apanharam o metro, saíram para a luz do dia. Entraram no Rossio. Era ao final da tarde. Sem carros, sem turistas, sem pessoas atarefadas a caminho dos barcos da Transtejo e da estação dos comboios, sem a debandada quotidiana para os subúrbios, o Rossio tinha qualquer coisa de estúdio cinematográfico vazio, votado ao abandono depois de terminadas as filmagens. Na colunata do D. Maria II, uma chusma heteróclita de sem-abrigo agitava-se, expectante, pessoas a quem a pandemia entregara o usufruto absoluto das ruas de Lisboa como um presente envenenado. Uma cidade só para eles, é certo, mas semelhante a um brinquedo escangalhado, sem préstimo nenhum. Reduzidos a viver das sobras alheias, nada os preparara para aquilo: um mundo subitamente avaro das suas migalhas, um carrossel parado, ao abandono, coberto por oleados poeirentos. Nos passeios via-se uma pequena multidão. Eram outros sem-abrigo, dezenas e dezenas deles ali amontoados à espera das carrinhas de distribuição da comida, como animais ferozes atrás das grades, à espera dos tratadores que, à hora marcada, lhes atiram a ração para dentro da jaula.

Em Milão, Lorenzo olhou para o relógio e, com gestos cuidadosos, metódicos, estendeu-se de costas sobre a armação metálica.

Não era fácil. Em casa, também ele treinara muito aquele gesto, ensaiara-o com cuidado. Apoiou a nuca numa das barras metálicas transversais, as barrigas das pernas na outra. A distância entre as barras longitudinais permitia-lhe apoiar o corpo, mas não lhe permitia descontrair-se. Teria de ficar assim, tenso, durante uma hora. Se fraquejasse, cairia sobre o leito de espigões metálicos, abaixo de si.

Na colunata do D. Maria II houve um tumulto, gritos, o som de pancadas. Um homem caiu no chão e logo foi rodeado por outros homens e mulheres agachados. O agressor, um negro em tronco nu, afastou-se, perseguido por uma mulher que gritava muito alto, insultando-o. O negro virou-se e fez-lhe frente, desataram a esmurrar-se os dois. O homem caído no chão começara a ser sacudido por convulsões. Indiferentes ao tumulto, à algazarra, aos gritos, sem nada verem do que se passava à sua volta, Sónia e Manuel, no extremo oposto da praça, executaram metodicamente os gestos programados. Ela olhou para o relógio, viu que eram horas, tirou o arco do estojo, passou-lho para as mãos. Manuel segurou o arco com a mão esquerda, deixando o braço direito pender ao longo do corpo. Ela calçou a luva, prendeu a flecha na corda com a mão direita, agarrando-lhe a extremidade posterior com um gesto firme, e deixou pender o braço esquerdo. Olharam-se nos olhos. Reinava entre ambos uma confiança absoluta. Firmando bem os pés na calçada portuguesa, cada qual, muito devagar, deixou pender o tronco para trás. Agora, eles os dois, unidos pelo arco e pela flecha, formavam um conjunto harmonioso, tenso, em suspensão. A flecha, presa na corda retesada, apontava para o coração de Manuel. Qualquer distracção, qualquer gesto em falso de um deles faria disparar a flecha e poderia matá-lo. Os poucos transeuntes e a massa dos sem-abrigo, que, movidos pela curiosidade, haviam posto fim à refrega, foram-se reunindo em volta deles num grande círculo, expectantes e siderados. O homem que, pouco antes, se debatia em convulsões, estendido no chão, erguera-se e caminhava, trôpego, ao encontro do aglomerado, atravessando a praça sem trânsito.

Estendido na armação metálica, Lorenzo começou a vislumbrar, pelo canto do olho, as pessoas que se reuniam para o observar. Mas não voltou o rosto, porque não podia, nem por um momento, distrair-se. Fechou os olhos. Pensou em Sónia. Imaginou o rosto dela, que nunca vira. Estava apaixonado.

No Rossio, a multidão em volta de Manuel e Sónia engrossava a cada momento. Reinava ali um grande silêncio. Só os pombos batiam as asas de vez em quando. Ao verem aquela jovem e aquele idoso assim unidos num gesto arrojado, todas as pessoas perceberam que assistiam a um gesto importante, a um momento decisivo. Era, talvez, o começo de uma revolução.

X

Lorenzo, minha paixão iminente, meu encontro adiado,

Nunca me viste, não conheces o meu rosto, não sabes se sou feia ou bela. Não sabes se tenho os olhos afastados ou juntos, o nariz grande ou pequeno, o cabelo encarapinhado ou liso. Não sabes se sou esquelética ou rechonchuda, ou até morbidamente obesa. Não sabes se tenho deformidades, se sou zarolha ou coxa. Não sabes se tenho um enorme sinal de sangue a manchar-me o rosto. Não sabes se tenho os dentes estragados, tortos ou impecavelmente brancos. Nada te desvendei, soneguei-te todas as imagens, não te enviei sequer um retrato fosco ou truncado que te permitisse ordenar-me numa escala qualquer, dizer que sou mais bela do que A ou mais feia do que B, que te permitisse comparar-me com mulheres vivas ou mortas, dizer que tenho a pele castanho-clara da Billie Holiday ou o queixo resoluto da Frida Kahlo ou as olheiras da Beata Beatrix ou os dedos compridos daquela tua antiga namorada do liceu. Todos os rapazes tiveram no liceu uma namorada de dedos compridos. Num momento em que ninguém confia em ninguém, em que, sem saberem ao certo porquê, todos temem o outro, pedi-te que confiasses cegamente em mim. Pedi-te que confiasses numa rapariga etérea, numa rapariga que talvez não exista, sequer. Pedi-te, principalmente, que confiasses em ti próprio.

Pedi-te que acreditasses que me acharás bela quando me vires, e, mais ainda, que acreditasses que a minha beleza te perturbará da maneira certa. Há belezas que nos deixam frios, há belezas que nos repelem, há belezas que nos assustam, há belezas que achamos feias. Pedi-te que aceitasses de bom grado o facto de eu, a mulher, estar, desde o início, em vantagem em relação a ti, o homem. Conheço tão bem o teu corpo, sonhei tanto a tua figura, olhei-te demoradamente de longe, sei que te acho belo e que a tua beleza me comove. Conheço até a tua voz, que escutei uma vez sem que desses por isso, escondida atrás de uma coluna, enquanto conversavas com amigos, e sei que me soou aos ouvidos com o timbre certo. No mundo digital, em que as pessoas só confiam nas imagens, dei-te apenas palavras, caudais de palavras, e pedi-te que confiasses somente nelas. Pedi-te que deixasses as palavras fazerem o trabalho das imagens. Os monarcas de outrora, antes de se casarem com rainhas desconhecidas, em núpcias longamente negociadas por embaixadores e emissários, tinham ao menos o direito de ver o retrato a têmpera ou a óleo da escolhida. E as pessoas que, em Oitocentos e nos alvores de Novecentos, namoravam e se casavam por correspondência, em margens opostas de vastos oceanos, trocavam, antes de darem o nó, fotografias tiradas em estúdio. Fiz-te recuar no tempo, até um tempo que nunca houve, um tempo só nosso. Como ervas daninhas, expurguei as minhas cartas, antes de as passar a limpo e de as meter no envelope, de todas as alusões à roupa que visto, à minha altura, ao meu peso, ao meu penteado, aos meus estados de saúde. Sou um romance epistolar, sou uma voz que ecoa num vale de montanha, sou a palavra em estado puro. Chegou o momento de ir ao teu encontro.

As pessoas anseiam por certezas, eu ofereci-te apenas a dúvida. A mesma dúvida que sinto quando começo a pintar um retrato na tela vazia. A dúvida que, ao fim de um certo tempo, o hábito e a mestria técnica vêm abafar. Neste momento, porém, quero manter-me no terreno da dúvida, não quero, para já, as certezas. A verdade é que não sei ainda ao certo o que quero, e enquanto há dúvida há esperança. Ou antes: sei o que quero, só não sei o que estou disposta a sacrificar para o obter. Incomodam-me as ideias de conquista e de entrega. Assim como me incomodam as metáforas guerreiras associadas ao vírus, também recuso as metáforas guerreiras associadas ao amor. Prefiro pensar numa permuta constante de órgãos. Hoje dás-me os teus pés, porque estou cansada. Amanhã perdes o fôlego, dou-te os meus pulmões. Perco a cabeça, dás-me o teu sangue-frio. Esqueceste-te de uma coisa, dou-te a minha memória, serve-te dela. Cortei-me, liga as tuas veias às minhas. Ceguei, dá-me o teu tacto. Hesitas, confio-te a minha persistência. Quero manter-me no terreno da dúvida, sem nunca terminar o retrato, retocando aqui, recomeçando além, esperando novas revelações, dando-te a oportunidade de, todos os dias, me desiludires e iludires de novo.

Mesmo antes de ter lido a tua última carta, em que me contaste como decorreu a *performance* que levaste a cabo a meu pedido, já eu soubera como tudo aconteceu. Um vídeo que alguém filmou com um telemóvel começou a circular, tropecei nele em vários recantos da Internet, os jornais italianos pegaram-lhe, deves ter visto. Achei piada à maneira como, ali estendido, olhaste para os agentes da polícia que te interpelaram. Parecias absolutamente sereno, como se levitasses, como se pairasses no ar, suspenso acima da armação metálica, sem lhe tocares. Da primeira vez que vi o vídeo, num *tweet* de alguém, temi que acabasse mal, que o gesto do agente ao tocar-te no braço te tivesse despertado em sobressalto daquele transe em que parecias mergulhado, fazendo-te cair desamparado em cima dos espigões. Como um sonâmbulo a quem acordassem bruscamente. Estremeci, não pude deixar de me sentir aflita e um pouco culpada. Afinal de contas, fui eu a sugerir-te a *performance*. Não ta exigi, quero crer que não há entre nós exigências nem chantagens, apenas a força tranquila que leva o corpo a acomodar-se na posição mais confortável, o impulso inconsciente que nos faz procurar o sol quando temos frio e a sombra quando o calor abrasa. Somos isso um para o outro, espero. E é por isso que preciso de ir ao teu encontro. O Verão chegou, o sol não dá tréguas, és a sombra onde me acolho. Foi com alívio que vi aquele polícia espadaúdo a agarrar-te e a erguer-te nos braços como se fosses um garoto, como se estivesses a ter um pesadelo em plena noite e ele te quisesse reconfortar. E pronto, lá te multaram mais uma vez. Esta nossa paixão está a sair-te cara.

Nessa tua última carta, contaste-me que, deitado naquela armação metálica, suspenso por cima dos espigões, só pensaste numa coisa: em mim. Só uma coisa te preocupou: saber se, àquela hora, eu estava bem. Se tudo corria bem na minha *performance*, em Lisboa. Quando li isto, perguntei a mim própria em que é que eu pensei enquanto segurava a flecha, de olhos cravados nos do Manuel. E percebi, sem sombra de dúvida, que pensei em ti, só em ti. Disso tenho a certeza. Mas essa certeza não me incomoda, não me oprime, porque semeia à sua volta uma inquietude, uma dúvida muito grande. Será que vieste para ficar? Será que é o teu retrato que irei, no fim de contas, pintar pela vida fora?

Quanto à minha *performance* com o Manuel, não houve, que eu saiba, vídeos virais. Quem se reuniu à nossa volta no Rossio foram sem-abrigo e, ao fim de um quarto de hora, apareceu a polícia. Com mil cuidados, como se fizesse parte da encenação, um agente aproximou-se pé ante pé, ergueu o braço lentamente, para não nos sobressaltar, fechou o punho em volta da flecha e soltou-a da corda do arco. Vi tudo isto pelo canto do olho, como num sonho. Nem eu nem o Manuel nos mexemos, continuámos imóveis, de olhos nos olhos. Só quando nos pediram a identificação com maus modos é que perdemos a concentração, não deu para continuar. Encontrei apenas, num jornal *online* português, uma fotografia em que se vê o Manuel, muito sério, ainda de arco na mão, dois polícias, ambos com o ar inexpressivo dos polícias de todas as latitudes, e eu, de costas para a câmara. Se chegaste a ver essa imagem, ficaste a saber que naquele dia eu usei um vestido vermelho com flores brancas e que tenho o cabelo liso e moreno, muito comprido. E que não sou, afinal, esquelética nem gorda. E nada mais. É muito importante para mim, esta demora em me conheceres. É muito importante para mim saber que nos encaminhamos devagar um para o outro, num prazer protelado, como se tivéssemos tempo, muito tempo. Todo o tempo do mundo.

Fui ontem a casa do Manuel, para me despedir dele. Não o via desde o dia da *performance*, tenho andado ocupada a planear a viagem. Marquei e desmarquei voos sucessivos, troquei *emails* com várias companhias aéreas. Percebi que a KLM facilmente me levaria para norte, para Amesterdão, mas que a Transavia não me garantia transporte para sul, se recusava obstinadamente a completar a terceira face do triângulo Portugal-Holanda-Itália. Durante uma tarde, explorei a possibilidade de voar até Marselha e apanhar o comboio para Milão. Depois percebi que o estado de emergência que vigora em França me impede, por enquanto, de pisar território francês. Até 10 de Julho, os turistas não entram em França. E, para todos os efeitos, aos olhos do mundo, a minha ida ao teu encontro não passa de um acto de turismo. Cheguei a telefonar para a embaixada de França, para saber se podia dormir no Aeroporto Charles de Gaulle entre dois voos. Disseram-me que sim, mas que não poderia abandonar a zona internacional. Dispus-me a ir ao teu encontro percorrendo corredores de confinamento. Os preços dos bilhetes dispararam, fiz contas, muitas contas. Finalmente, encontrei uma solução, tracei o meu plano de voo. Os meus pais não queriam que eu partisse, ficaram muito tristes, lá se resignaram. O meu irmão fez os seus comentários desagradáveis do costume, mas já não me incomoda. Está muito longe de mim, como alguém que nos chama da outra ponta da casa e a quem gritamos: «Se queres falar comigo, vem cá!» Mas depois essa pessoa demora-se, não vem, e nós esquecemos o assunto, nem sequer lhe perguntamos o que queria quando nos cruzamos de novo.

O meu irmão está muito mais longe de mim, aqui em Lisboa, do que tu, aí em Itália. Sobre ele não tenho dúvidas, apenas certezas.

Fui a casa do Manuel para me despedir dele, portanto. Quando me preparava para tocar à campainha, a porta do prédio abriu-se e vi sair uma mulher dos seus setenta anos, ruiva, de sardas. Olhou para mim fixamente e sorriu. Disse-me assim: «És a Sónia, não és? Eu sou a Teresa. O Manuel deve ter-te falado de mim. Estive mesmo agora com ele, um grande bocado, a conversar.» Tinha nos olhos um brilho de comoção e de alegria, mas não por causa do que via naquele momento, não por me ver a mim. Era um brilho que lhe ficara da conversa com o Manuel. Depois disse-me: «Vi-vos no outro dia, no Rossio, a fazerem aquele gesto arrojado. Foi preciso coragem. A princípio, nem reconheci o Manuel. Ele mudou muito. Já não o via há tantos anos... desde o dia em que fomos presos. Percebi que o conhecia, só não sabia de onde. Com a minha idade, uma pessoa já acumulou um grande arquivo morto. Só em casa, a pensar naquele rosto, é que percebi que era o Manuel. Magoou-me muito, compenetrar-me de que tinha visto o Manuel e não o tinha reconhecido de imediato. Foi como se tivesse regressado a 1971 e depois tivesse envelhecido outra vez num instante. Cinquenta anos passaram por mim num segundo. Pus-me a fazer telefonemas. Custou, mas arranjei o número dele.» De repente, como se caísse em si, pediu-me desculpa por falar tanto, disse-me: «Anda, sobe, ele vai gostar de te ver, disse-me que és uma miúda espectacular. Disse-me que gostava que a filha dele fosse mais parecida contigo. Se calhar não te devia ter dito isto, mas agora está dito, não há nada a fazer. Disse-me que se arrepende de não ter tido uma filha como tu.» E eu então enchi-me de coragem e perguntei-lhe: «E a Teresa?» Mas ela cortou-me a palavra: «Trata-me por tu, por favor, não me faças sentir avó.» E eu: «Está bem. Então cá vai. E tu? De que é que te arrependes?» E ela pensou uns momentos, com um ar concentrado, como se fizesse uma conta de cabeça, e respondeu-me: «De não ter confiado. Confia. Confia sempre.»

Subi, entrei em casa do Manuel, e também ele tinha nos olhos aquele brilho persistente que eu notara na Teresa, uma felicidade sem rodeios que eu nunca lhe vira. Disse-lhe que tinha encontrado a Teresa lá em baixo, e ele perguntou-me se eu a achara bonita. Como um miúdo a perguntar ao melhor amigo se acha bonita a rapariga de quem gosta. E eu disse-lhe que sim, que a achei muito bonita, e não tive de fazer de conta, não tive de dourar a pílula. Ela é mesmo bonita. Disse-lhe que vou partir ao teu encontro, e ele desejou-me felicidades e disse-me que me queria contar o resto da história dele e da Teresa, para eu a levar comigo para toda a parte e a misturar com as outras histórias que me forem contando pela vida fora.

Nos anos 90, era ele ainda um cardiologista de meia-idade, estava de banco, nas urgências, em Santa Maria, e o INEM trouxe um velhinho de oitenta e tal anos, a sofrer um ataque cardíaco. Mal olhou para ele, o Manuel viu que era o pide repelente, baixote, com os dentes saídos, só que mais velho, muito acabado. Tinha os olhos esbugalhados, um ar muito assustado, e o Manuel percebeu logo que ele o reconheceu assim que o viu, porque o medo nos olhos dele ganhou uma cor pardacenta, um tom baço. Quando o Manuel lhe colou um eléctrodo ao peito, para lhe fazer o electrocardiograma, o pide agarrou-lhe a mão e implorou-lhe: «Não me faça mal, peço-lhe por tudo, não me faça mal.» Uma enfermeira que estava a meter o cateter na veia do pide ouviu aquela súplica. O Manuel ficou incomodadíssimo, como se aquele homem tivesse revelado um segredo íntimo que ele nunca tivesse confessado a ninguém. Nenhum colega, ninguém no hospital sabia que ele estivera preso e fora torturado. Ainda hoje quase ninguém sabe, aliás, disse-me ele. Só os antigos camaradas do partido. Nem a filha sabe, isso já ele me tinha contado. Cortou a palavra ao pide: «Não diga disparates, sim? Vamos lá tratar de si.» Podia ter pedido que chamassem o cardiologista da urgência interna, pretextando que precisava de uma segunda opinião, para o usar como biombo entre ele próprio e aquele homem, mas recusou-se a fraquejar, não arredou pé da sala de observações, não se afastou da maca do pide, conversou com ele, perguntou-lhe como se sentia, esperou pelas análises, tomou decisões. Não quis que ninguém reparasse na sua perturbação, quis que os outros pensassem que aquele homem não passava de um velho assustado que dissera um disparate a um médico. Nas urgências era o que havia mais, pessoas desesperadas a dizerem coisas absurdas. Fez questão de salvar a vida àquele homem. «Um dia vais morrer», pensou, olhando para a cara do velho, «mas não vai ser hoje, não vai ser nas minhas mãos». Passados uns dias, foi aos cuidados intermédios falar com um colega e ouviu chamarem por ele em voz baixa: «Doutor, doutor!» Era o pide, estendido na cama, as canelas muito brancas à mostra. O Manuel contou-me que fingiu que não o ouviu, mas depois não resistiu e olhou para o velho. Aproximou-se e debruçou-se sobre ele como um garoto que se acerca, com repugnância e fascínio, de uma alforreca espapaçada na areia, junto à rebentação, só para se certificar de que ela já não lhe pode fazer mal. Achou-o digno de dó, insignificante. E o pide disse-lhe assim: «Deixe-me aliviar um peso que trago na consciência. Tenho de lhe contar uma coisa.» E o Manuel fez menção de recuar, porque pensou: «Não, não te vais servir de mim como teu confessor, agora que estás cheio de medo de morrer», mas o outro agarrou-lhe a manga da bata e falou muito depressa: «Meti muitas fotografias nas cartas para as moças. Estraguei muitos namoros, muitas vidas, doutor. É do que mais me arrependo.» E o Manuel ficou a olhar para ele, estupefacto, sem palavras. Sem entender muito bem o que ouvira, ou talvez não querendo entender. O pide aproveitou a pausa e explicou. Todas as cartas com destinatário suspeito eram abertas. Se fossem cartas de amor para mulheres ou raparigas de quem se desconfiava que fossem da oposição, o procedimento era sempre o mesmo: tornar a meter a carta no envelope e, antes de o fechar novamente, enfiar lá dentro uma fotografia pornográfica. Ele tinha na gaveta um maço delas, exactamente para esse fim. O Manuel ouviu isto e soltou o braço com um repelão, como se os dedos do pide o queimassem. Disse-me que uma suspeita lhe aflorou ao espírito, uma suspeita que logo se fez certeza amarga. Os pais da Teresa eram oposicionistas conhecidos, tinham estado os dois presos, tinham sido os dois torturados, eram vigiados em permanência. A Teresa andava metida nas lutas académicas, já tinha ficha na PIDE, sem dúvida. Foi a vez de ele agarrar o braço do velho. «Uma carta da Alemanha para a Teresa Barros, lembras-te?» O pide arregalou os olhos, com ar assustado, como quem não percebe. «A rapariga que foi presa comigo naquela noite, a branca, uma carta que eu lhe escrevi. Foste tu, meu cabrão, foste tu.» E o pide, quase a suplicar, enquanto ele o sacudia pelo braço: «Não fui eu, doutor, juro por tudo. Essa carta não fui eu.» O Manuel disse-me que, mais do que nojo ou raiva, sentiu a vertigem da desproporção entre a causa e o efeito, entre o gesto comezinho de meter uma fotografia sórdida num envelope e o fim prematuro, antes sequer de começar, de um grande amor. «Foste tu», disse ao pide. «Foste tu, mesmo que não tenhas sido tu.» Percebeu tudo. Percebeu o olhar frio da Teresa quando ele voltou das férias de Verão e as aulas recomeçaram, em 1971. Percebeu que as suas palavras ternas, na carta para ela, tinham sido contaminadas por aquela fotografia pornográfica, pelas impressões digitais do pide, pelo hálito dele. A raiva, que até ali tinha tentado sufocar, sufocou-o a ele. «Como uma onda de vómito a vir-me à boca», disse-me. Atirou ao pide: «Para que é que me contaste isso, bandalho? O que é que eu faço com a tua merda? Queres que eu te ajude a limpá-la, é?» Virou costas e foi-se embora. Nem quis saber se alguém tinha ouvido. Estava-se nas tintas.

Contou-me que aquilo foi um golpe muito duro, que o magoou muito mais do que a recordação da tortura. Nunca mais tinha visto a Teresa. Soubera que ela fora libertada pouco antes do 25 de Abril, que depois se casara e fora viver para o estrangeiro. Entretanto, ele próprio se casara, gostava muito da mulher, gostava muito da filha, mas guardara sempre a Teresa num recanto especial da memória. E agora aquele pide arrancara a Teresa desse recanto secreto e pusera-a bem à vista, virando tudo de pantanas. Viste *O Pianista*, do Polanski? O Manuel disse-me que, quando viu esse filme, muitos anos depois, já viúvo, houve uma cena que o perturbou muito. Teve de sair do cinema, não aguentou. É aquela cena em que o pianista judeu, fugindo aos nazis, se esconde uma noite em casa da violoncelista polaca por quem se apaixonou antes da guerra, com quem esteve quase a namorar. Ela também gostava dele, mas não chegaram a dizê-lo um ao outro de viva voz, e a invasão alemã separou-os. Os anos passaram-se, ela casou-se com um gentio e está agora grávida. O pianista acorda de manhã no sofá, ao som do violoncelo, levanta-se, entreabre a porta e, pela fresta, vê-a a tocar na divisão contígua. E vislumbra ali, durante uns segundos, a vida que podia ter sido a sua e de que os alemães o privaram. E o Manuel, sentado na plateia, vislumbrou naquela cena, durante uns segundos, a vida que poderia ter sido a sua, ao lado da Teresa, e de que a PIDE o privou.

Contou-me que, assim que entrou em casa dele, ao fim de tantos anos sem se verem, a Teresa pôs a carta da Alemanha em cima da mesa da cozinha e lhe disse: «Tenho uma coisa para te contar.» E que ele lhe respondeu: «Já sei o que é, não me mostres essa fotografia, peço-te.» E explicou-lhe como é que ficara a saber. E ela disse-lhe que só percebeu muitos anos depois, quando, numa visita a Portugal, a mãe lhe perguntou o que era feito «daquele rapaz do teu curso, o Manuel, por quem tu tinhas um fraco». E ela, que sempre se orgulhara de ser tão discreta, tão reservada, ficou estupefacta ao perceber que a mãe decifrara tudo nas inflexões das suas palavras, nos seus gestos. «Sempre julguei», acrescentou a mãe, «que fosses namorar com ele. Sempre achei que era o homem certo para ti». E então ela disse à mãe que sim, que tinha tido um fraco pelo Manuel, é certo, mas... e neste ponto hesitou, porque, visto àquela distância, o motivo lhe pareceu idiota, pueril, talvez um mero pretexto de que ela se servira para se negar àquele amor. Talvez, com dezanove anos, não estivesse preparada para ser feliz. A mãe perguntou-lhe: «Mas... o quê?» E ela explicou que ele lhe tinha mandado uma fotografia horrível numa carta, e que ela tinha apanhado uma grande desilusão. E foi buscar a carta, que guardara sempre dentro de um livro, no seu quarto de solteira, e mostrou-a à mãe. E a mãe viu a fotografia e soltou um riso amargo e disse-lhe: «Ó filha, porque é que não falaste comigo? Mas tu achaste que foi o Manuel que te mandou isso? Isso foi a PIDE! Mandaram-me tantas fotografias dessas, nas cartas do teu pai...» E ali na cozinha, depois de contar isto ao Manuel, a Teresa tirou a fotografia de dentro do envelope, tendo o cuidado de esconder a imagem na concha da mão, acendeu um bico do fogão, pegou-lhe fogo e deixou-a arder dentro do lava-loiça, e depois beijou a carta e guardou-a no bolso e disse: «Desde aquele dia em que a minha mãe me abriu os olhos, sempre quis fazer isto. Sempre quis destruir esta fotografia, que tanto mal nos fez, mas tinha de ser contigo, na tua presença, depois de te explicar o mal-entendido.»

Vi no lava-loiça as cinzas da carta, um canto de papel ainda intacto em que se via um pé delicado, quase certamente de mulher, sobre os lençóis amarrotados de uma cama. A cozinha cheirava a queimado.

O Manuel contou-me que perguntou à Teresa: «E agora? O que fazemos com esta sabedoria toda? Agora que estamos velhos, ainda temos alento para surpresas?» E sabes o que ela lhe respondeu? «Agora, recomeçamos exactamente onde ficámos no dia 6 de Abril de 1971, quando a PIDE nos prendeu, às duas da manhã. É como se nos tivessem dado uma segunda vida para vivermos. Com a vantagem de sabermos muito mais do que sabíamos naquela altura. Éramos uns miúdos, mais nada. Não é com isto que toda a gente sonha? Voltar atrás, mas sabendo o que sabe hoje? Pois bem, a nós deram-nos essa oportunidade.»

O Manuel disse-me que ele e a Teresa se vão agora descobrir um ao outro. Vão perceber se são ou não o grande amor da vida um do outro. Gosto muito desta história, Lorenzo, porque não sei como vai acabar. Parece-se com a nossa história, que também não sei como vai acabar.

Ontem fui ao encontro do meu pai, num momento em que estávamos os dois sozinhos em casa. Abracei-o como não o abraçava desde o meu regresso a Portugal, desde o começo desta pandemia, desta loucura colectiva. Abracei-o como não o abraçava há muito, muito tempo. Abracei-o como não sou capaz de abraçar a minha mãe, não me perguntes porquê. Ou antes, pergunta-me porquê, se quiseres. Tentarei explicar-te o melhor que sou capaz. Depois pedi-lhe: «Cuida da mãe.» E ele olhou-me nos olhos e fez-me um sinal afirmativo com a cabeça e tudo ficou claro entre nós. Também isto te explicarei, depois, se e quando nos instalarmos numa intimidade só nossa.

Parto para Milão. Pouco importa o dia em que irei viajar, pouco importa a companhia aérea que me irá levar, as escalas que farei ou não farei. O que importa é que faças o que te peço, contanto que o queiras fazer, contanto que sintas a urgência de o fazer. No dia 15 de Julho... repara, dou tempo de sobra para que te prepares... no dia 15 de Julho, de manhã, leva para a Academia uma mesa de armar e duas cadeiras. Arma a mesa no meio do claustro, ao lado da estátua de Napoleão, aquela estátua a que nunca achei piada nenhuma, com a qual sempre embirrei. É uma figura cheia de si, com ar de machão exibicionista, pomposo e sem sentido de humor. Mas não há nada a fazer, é ali que toda a gente passa, tens de armar ali a mesa, à ilharga daquele figurão. Põe uma cadeira de cada lado da mesa. No rebordo da mesa, prende com fita-cola o cartaz em letras bem grandes que trouxeste de casa, já pronto, a dizer: «Senta-te à minha frente e olha-me nos olhos um minuto.» Às dez horas em ponto, senta-te numa das cadeiras, fecha os olhos e espera. Tomara que não chova, não há-de chover, se Deus estiver para aí virado, como diz a minha mãe. O mês de Julho há-de mostrar-se à altura das circunstâncias. Quando ouvires alguém a sentar-se na cadeira à tua frente, abre os olhos e fita essa pessoa durante um minuto. Mesmo que o não saibam, as pessoas estão sedentas de olhar os outros nos olhos, estão cansadas dos ecrãs. Não faltará gente a aceitar o desafio, a sentar-se à tua frente, a devorar-te com os olhos. Talvez se forme uma fila. Pensando bem, talvez seja melhor pedires a dois ou três amigos teus que te acompanhem, para cronometrarem o tempo, para manterem as distâncias entre as pessoas na fila, para estabelecerem corredores de circulação, evitando que haja ajuntamentos. É muito importante que se cumpra o famoso distanciamento social, que ninguém se sinta alarmado ou ameaçado e chame a polícia, que ninguém te interrompa. Permanece ali duas horas. Não é muito, duas horas passam num instante. Estarei por perto, algures no claustro, a ver-te. Olha bem as pessoas nos olhos, uma após outra. Procura nos olhos delas tudo o que ali há. Procura-me nos olhos de cada uma das raparigas que ali se sentarem. A certa altura, discretamente, irei aproximar-me. Se fila houver, irei para a fila. E, quando chegar a minha vez, quando o teu amigo me fizer sinal que avance, sentar-me-ei na cadeira à tua frente e tu abrirás os olhos. Não levarei o vestido vermelho com flores brancas, isso seria facilitar-te demasiado a vida. Talvez entretanto corte o cabelo ou o pinte, não te fies na tal fotografia que talvez tenhas visto ou talvez vejas ainda, em que eu surjo de costas, no Rossio. Procura-me nos olhos de todas as raparigas que ali se sentarem, e até nos olhos dos rapazes. Poderei ir vestida de homem, só para despistar. O que importa é isto: se o que nasceu entre nós nestes cinco meses valeu a pena, irás reconhecer-me. Irás reconhecer-me sem nunca me teres visto. Irás abrir os olhos e, ao fitar-me, saberás que sou eu. Estenderás os braços por cima do tampo da mesa e dar-me-ás as mãos. Não terás dúvidas. Ou antes, terás dúvidas, mas saberás tomar partido delas. Saberás confiar nas tuas dúvidas. Exijo-te apenas isso, que confies nas tuas dúvidas. E começarei então, pela vida fora, a pintar o teu retrato.

FIM

Posfácio

A palavra é a nossa única vacina. Ora, aqui se conta como, a partir do final de 2019, as notícias de um vírus novo foram evoluindo para suspeitas de pandemia, até que teve lugar a tragédia italiana e, de repente, ficámos presos em casa. O caso era inesperado e único, a realidade manifestava-se como acontecimento. Havia euforia e ansiedade à mistura, pois alguma coisa acontecia, estávamos, de facto, vivos. E o que acontecia era uma grande esfinge a perguntar-nos coisas, o que é habitar uma cidade, o que significa viver em casa, o que há de único num indivíduo, o que é o medo. Mas a literatura — que é uma forma sistemática, violenta e verificável de pensamento — preocupa-se com as coisas que estão antes da metafísica, e põe simplesmente na lamela de palavras do microscópio uma experiência obscura, em bruto, observando então os sentidos que se formam.

Não vou propor uma interpretação deste novo romance de Paulo Faria. Além de abusar de uma posição de privilégio, estaria a proceder a uma operação de rescaldo ou a uma arrumação prematura. As coisas ainda estão a acontecer. Quero dizer, a narrativa vive, há coisas que aparecem, se desvelam. Por exemplo, a própria operação de constituição do sentido. Porque uma das grandes interrogações que se nos põem, mais do que a emergência devida a um exército de micro-organismos, é o facto elementar de a razão humana se perder em desvios e passar o seu tempo a lutar contra moinhos de vento.

Sem considerar os líderes de grandes potências do mundo e as farsas que põem em cena, por todos os cantos lutam teorias em oposição diametral. Havia os negacionistas do holocausto, há os negacionistas da doença e da máscara. Diferentes teses abaixo-assinadas por prestigiados cientistas afirmam coisas incompatíveis. Começamos a suspeitar de que, afinal, a ciência não tem o carácter de universalidade que era suposto. Lembro-me daquilo que desenvolve uma certa personagem de Pessoa, a saber, que *contra argumentos não há factos*. Só os argumentos interessam, ou melhor, montagens aleatórias de argumentos, e não há saída do labirinto, é como uma cortina digital, uma cegueira que não se reconhece, ou ainda, e nem sei se é possível formular tal coisa, é como se qualquer noção da inteligência fosse necessariamente errónea, como se a verdade estivesse *sempre* para lá do sentido. E, como a vida real também está sempre noutro lugar, nesta espécie de vida enrolamo-nos em argumentos de argumentos de argumentos. E então o que se pode fazer, além de discutir? Admirar a paisagem ao cair da noite? Ou precipitarmo-nos na manta de uma religião?

Há um livro de poemas que esta narrativa de Paulo Faria me lembra, *Metamorfoses*. Aí, Jorge de Sena descreve imagens. Apenas descreve. Esse gesto implica conhecimento, comunicação, mas a sua proximidade das imagens defende-o da leveza das palavras. Não especula: descreve. É talvez o modo maior de expor os poderes da análise concreta, aquele minucioso acto de ir revelando na imagem vista os traços que a compõem e o tempo que têm. Resultam pequenas metamorfoses dessa operação — que não consiste em contemplar, como o romântico no cimo da montanha, nem em meditar, como Hamlet segurando a caveira, nem sequer em compreender, como Nietzsche agarrado ao pescoço do cavalo —, mas em fazer uma análise química com o olhar. Algumas vezes, é apenas a lente de um comentário que se acrescenta à imagem em questão. Mas outras vezes altera-se a própria imagem vista — embora o poema apenas proceda à sua iluminação.

Assim é que o trabalho da literatura vai aprendendo a realidade que apreende. Abandonam-se os vasos comunicantes quotidianos. Experimenta-se progredir pela descrição de elementos da experiência misturados com elementos da ideologia e outros da convicção instintiva, cuja transparência torna depois possível separá-los uns dos outros. Teorizam-se experiências alternativas. Percebe-se como se faz um mundo.

Ou existe a simples celebração da literatura. O prazer de contar. O fluir infinito. Que está, por exemplo, no brio e virtuosismo das metáforas: «As raparigas seguiram caminho, impávidas, de rostos pendidos e telemóveis em riste, como se estes fossem comandos remotos de mísseis teleguiados e elas não se pudessem dar ao luxo de desviar os olhos dos monitores um só momento, sob pena de falharem o alvo e matarem inocentes.» Ou ainda, sempre à luz da surpresa: «depois de um acesso de tosse que ameaçou silenciá-lo de vez, sacudindo-o dos pés à cabeça, dobrado em dois, como um forcado velho agarrado à cabeça de um toiro». Ou — e não transcrevo por ser extensa — aquela alegoria coreográfica de um incêndio numa história de guerra colonial que é contada por uma personagem da sua varanda para a rua, perante todos os vizinhos de quarentena em suas casas, talvez o clímax secreto de toda a narrativa.

Mas o sentido — quer dizer, a direcção — para que nos dirigimos está indicado numa outra metáfora, que marca a planetária solidão da Primavera de 2020: «o Rossio tinha qualquer coisa de estúdio cinematográfico vazio, votado ao abandono depois de terminadas as filmagens». Aqui, a imagem é epifania. Surge um mundo em que a nossa vida interior, a única verdadeira, é um composto de cinema, imaginação e indústria. Há aqui o relance de uma suspeita, muito antiga, da grande representação teatral que é a sociedade humana, mais as cidades e as instituições. A fraude das castas, da distribuição dos papéis. Este entendimento cinematográfico do mundo está presente também nas referências a *performances* de Marina Abramovic, que aparecem em pontos-chave da narrativa. Uma delas tem que ver com a passagem pela porta de um prédio, outra com a mesa ao lado de uma estátua, em Itália, de que fala a carta que constitui o capítulo final. São referências que servem para definir a protagonista, aquela que escreve essa carta, jovem mulher que se dedica a executar acções que extravasam do costume e do senso comum, colocando a sua energia de compreensão no exterior da racionalidade. Uma artista pura, se quisermos.

Vemos um mundo saturado de ficção, em que todo o tempo é narrativo. A imaginação e a história são efeitos que decorrem do uso das palavras. Sempre que juntamos duas ideias ou desenhamos duas imagens, estamos a construir uma narrativa. É esse o poder da montagem, que a gramática do cinema formalizou mas está presente em toda a actividade de arte. É preciso ver o mundo enquanto montagem. Neste livro vê-se o mundo como montagem.

Mas ainda não é tudo. Existe a emoção, que é, de facto, aquilo para que a arte serve. A emoção vai mais fundo do que o pensamento e a análise, sente-se, é um *sentido* imediato, a sua existência é impossível de esconder. Nem somos nós que a inventamos, é ela que nos inventa. A emoção é que é a luz do cinema deste livro, o rasgão que fende de alto a baixo a literatura e abre caminho para o outro lado.

Fernando Cabral Martins